#Fantasy Romance#
14+

A Jessica
ti Auguro che
questo libro posse
farti Compagnia!

Luca Ramorin.

PAV edizioni 2025©
L'ALTRA PARTE DELLA MASCHERA
di: Laura Piermarini

Management editoriale: Pietro Molinaro
Coordinamento editoriale: Aurora Di Giuseppe
Direttore editoriale: Vincenzo Mazza

Cover Graphics: Marco De Rosa
Stampa: Gruppo Lab. PAV '15
Impaginazione: Vincenzo Mazza
Direttore scientifico: Veronica Tozzoli
Lucia Valentina Argentiero e Paola Michelazzo
Editor: Annalisa Baeli
Immagine cover: Freepik

Realizzazione editoriale
a cura di PAV edizioni
Proprietà letteraria riservata
Associazione Culturale
Sede operativa Roma
Prima edizione: marzo 2025©
pav.edizioni1@gmail.com

Laura Piermarini

L'ALTRA PARTE DELLA MASCHERA

PAV
EDIZIONI

A Nonna Dora, l'Alpha della nostra famiglia

CAPITOLO 1

Per l'ultima volta percorsi il vicolo che mi conduceva verso la scuola superiore che avevo frequentato per cinque anni.

La scuola si trovava al centro di Roma; la pizzeria al taglio dove andavo a comprare il pranzo quando ci rimanevo tutto il pomeriggio aveva già aperto e mi godetti l'odore delle pizze appena sfornate.

Di fronte, il rumore delle tazzine che venivano sistemate dentro la lavastoviglie proveniva dal bar già pieno di studenti seduti ai tavolini, intenti a fare colazione prima di leggere il verdetto che avrebbe, forse non per tutti, determinato come avrebbero trascorso le vacanze estive.

La scuola non era una struttura moderna, ma un vecchio palazzo che, si diceva, fosse un ex convento di suore di clausura.

Era quasi la fine di giugno e la cappa di umidità si appiccicava sul corpo; più camminavo, più sembrava crearsi un altro strato di pelle fatto di sudore.

I miei genitori mi accompagnarono, ma non entrarono. L'ingresso era fresco; mi guardai intorno e vidi le mie compagne.

Non facevo amicizia con facilità, ma con alcune ragazze avevo un buon rapporto. Nella nostra classe poi eravamo tutte femmine, ed erano poche le volte in cui si andava d'accordo. Molte erano perennemente in competizione, ma a me non era mai importato niente. Per fortuna, nell'ultimo anno, gli ormoni si erano calmati e si era creato un equilibrio.

Mi avvicinai a loro e cercai con lo sguardo il mio nome tra i fogli appesi in bacheca, come se fosse la prima volta, come se il voto potesse determinare la persona che ero. Ero sempre stata nella stessa posizione per cinque anni e, anche quella volta, fu così, l'ultima nel registro della classe e nei quadri di fine anno.

Mi avvicinai ancora di più per leggere bene il voto finale: settanta. Sorrisi, mi sembrò perfetto, finalmente potevo lasciarmi alle spalle le superiori e tutti quei libri che mi davano noia.

Fin dalle elementari, non ero mai stata una bambina che puntava ad avere sempre il massimo dei voti. Ma la curiosità di sapere, di imparare, mi aveva permesso di superare i cinque anni senza avere fastidi con i professori.

Nessuno di loro, in effetti, si era mai lamentato: ogni volta che mia madre andava ai colloqui riceveva sempre i complimenti per l'educazione che mi aveva dato e per l'impegno costante nel mantenere i voti. Mia madre tornava a casa soddisfatta; almeno lo era stata nei primi quattro anni. Poi, al quinto, quando le portai la pagella e nella condotta avevano scritto sette, si era preoccupò.

Mi chiese se a scuola parlassi, se interagissi con le mie compagne, pensò persino che fossi vittima di bullismo e non avessi il coraggio di dirlo. Io la tranquillizzai.

Ma quella sicurezza le fu tolta quando, di nuovo ai colloqui, andò a parlare con la professoressa di Italiano.

«Signora, abbiamo dovuto mettere a sua figlia sette in condotta, altrimenti sarebbe stata l'unica della classe con il massimo del voto. Abbiamo notato alcune difficoltà nel fare amicizia e non volevamo scatenare invidie tra le ragazze.»

Dopo aver salutato le mie compagne, promettendoci di rimanere in contatto, raggiunsi i miei genitori che mi abbracciarono.

«Siamo così orgogliosi di te! Chiama la nonna e dalle la bella notizia», suggerì mamma cercando già il numero sul telefono.

«No, voglio andare direttamente da lei, le farò una sorpresa.»

«Allora ti raggiungiamo dopo.»

Mi lasciarono davanti alla stazione di Trastevere.

Mi diressi verso il binario e salii le scale, mentre il telefono non faceva altro che vibrare per gli interminabili messaggi che il gruppo della classe si stava mandando.

Il treno arrivò, scelsi un posto poco affollato e sprofondai sul sedile blu e bianco di pelle sintetica che, col caldo, si attaccava alla schiena. Silenziai per una settimana la chat di gruppo e indossai le cuffie bluetooth. Mentre ascoltavo la musica e guardavo fuori dal finestrino, iniziai a pensare a cosa avrei potuto fare. Mi immaginavo già con un lavoro che mi permettesse di andare a vivere da sola e poter creare i miei spazi, i miei orari, senza dover aspettare nessuno. Uscire fuori a cena con le amiche, viaggiare. Solo al pensiero di quella libertà mi venne da sorridere.

L'università non era per me.

Sapevo che questa decisione avrebbe mandato in fumo il sogno dei miei genitori di vedermi laureata come le mie cugine, ma io non ero come loro. Avevo diciannove anni, e non desideravo altro che essere indipendente.

Forse un giorno me ne sarei pentita, come ogni tanto mia madre mi ripeteva, forse no. Ma questo nuovo capitolo e le sue conseguenze sarebbero dipesi solo da me e dalla mia maturità.

Scesi dal treno, attraversai il parco della stazione, dove alcune mamme avevano portato i figli a giocare. Mentre camminavo spensi le cuffie, chiusi Spotify e riposi entrambi gli oggetti dentro la tracolla.

La mia nonnina mi aprì con un gran sorriso. Non era molto alta, aveva occhi color nocciola persi sempre nei ricordi del passato, capelli in ordine che una volta al mese andava a tingere di un marrone chiaro dal parrucchiere. Non aveva paura di invecchiare, piuttosto era una coccola che si permetteva. Nonostante fossimo molti nipoti, sapevo che a legarci era un rapporto speciale, fatto di complicità, intesa reciproca.

Entrai e, con grande sorpresa, scoprii che aveva già preparato il mio piatto preferito: gli spaghetti al pomodoro.

«Nonnina, come sapevi che sarei venuta?»

«Chissà... segreti da nonna.» Mi fece l'occhiolino.

Il profumo della salsa che si stava restringendo nella pentola mi fece venire l'acquolina in bocca. La nonna scolò gli spaghetti, li fece saltare in padella e chiuse la preparazione del piatto con un filo di olio a crudo e delle foglie di basilico sopra la montagna di pasta.

La aiutai ad apparecchiare e poi ci mettemmo a tavola.

«Allora, com'è andata?» mi chiese.

«Mi hanno dato settanta», gongolai, con la bocca piena di cibo.

Si complimentò, poi arrotolò con calma gli spaghetti con la forchetta.

«E adesso, hai idea di cosa vuoi fare?»

«Mi cercherò un lavoro e vivrò per conto mio.»

«Non vuoi provare ad andare all'università?»

Sbuffai. Mi chiesi se fosse una domanda che le aveva suggerito mia madre.

«No, voglio essere autonoma e viaggiare, visitare tutto il mondo.»

«Sai che puoi fare entrambe le cose, vero?»

«Ho già deciso. E con il mio primo stipendio, ti porterò dove vorrai!»

Rise, e io mi alzai e andai ad abbracciarla; ero talmente felice da non riuscire a frenare l'immaginazione e iniziai a raccontarle tutti i miei progetti.

Stavo finendo il secondo piatto di pasta, quando vidi la sua espressione cambiare, farsi più seria, distratta, come se fosse impegnata ad ascoltare una notizia importante alla TV. Solo che la televisione era spenta.

«Guarda che scherzavo, eh» dissi. «Non voglio mica davvero trasferirmi in Australia!»

Lei continuò a non rispondere. Mi sembrò del tutto estraniata. La vidi irrigidirsi, serrare le labbra.

«Non parlare», sibilò all'improvviso.

«Nonna, cosa...»

«Ti ho detto di non parlare.»

Mi afferrò per il braccio e mi condusse in camera da letto. Con un tono secco, che non le avevo mai sentito, mi chiese di nascondermi dietro l'armadio e di non uscire dalla stanza, qualsiasi cosa avessi sentito.

Mi rifiutai, cercai di sorriderle. «Nonna, mi spieghi cosa...»

«Fidati di me.»

La perplessità si trasformò in sgomento e gli spaghetti mi risalirono su per l'esofago. Non capivo, ma i suoi occhi non mentivano. Corse via e, quando si chiuse la porta alle spalle, sentii la chiave girare nella toppa.

CAPITOLO 2

Nascosta dietro l'armadio, rimasi in silenzio e cercai di capire quello che stava succedendo. Avvertii dei passi, qualcosa che si rompeva, – vasi, mobili, non ne ero sicura – poi una voce, delle voci, ma non riuscii a distinguerle e a capire quante fossero.

A ogni rumore, sobbalzavo, andavo ancora più indietro fino a rimanere con le spalle al muro. Sentii come se la nonna stesse litigando ferocemente, e poi di nuovo, un rumore sordo, come se qualcosa o qualcuno fosse andato a sbattere contro il muro. E quando mi parve che fosse tutto finito, lo percepii in modo chiaro: il ringhio di un animale.

Il cuore iniziò a battere forte, le mani tremavano; dovetti combattere tra il rimanere e il voler andare in soccorso della nonna. Chiusi gli occhi, cercai di calmarmi e provai a prendere una decisione.

A un tratto, il trambusto della lotta si fermò. Riaprii gli occhi e capii che nella stanza accanto non c'era più nessuno. Notai che la porta, chiusa a chiave in precedenza dalla nonna, era ammaccata e ormai quasi aperta. Diedi qualche scossone alla maniglia e il legno cedette. Mi precipitai a cercare la nonna, la chiamai ad alta voce facendomi spazio tra il disordine e frammenti di vetri e oggetti rotti.

Sussultai quando la vidi distesa a terra, in una pozza di sangue. Provai a chiamarla di nuovo, a scuoterla, le avvicinai il mio orecchio al petto per sentire il battito del cuore. Non c'era.

I suoi capelli, prima tinti, erano tornati bianchi e sporchi di rosso. Non sapevo di chi fosse quel sangue. I vestiti erano lacerati, come se un animale glieli avesse strappati di dosso.

Con le mani che tremavano, provai a ricomporre il tessuto per coprirla, come se potesse servire a qualcosa. Sul pavimento, delle macchie di sangue formavano un disegno inquietante vicino al corpo disteso a terra.

Non era possibile. Doveva essere un incubo.

La mente mi si offuscò. Avevo il corpo senza vita della mia adorata nonna davanti agli occhi, il suo sangue che mi copriva le mani. Il mio respiro si fece corto; smarrita, mi guardai intorno, come se vedessi quel posto per la prima volta.

E poi, successe. Persi il controllo. La parte razionale, quella su cui facevo sempre affidamento, lasciò che l'istinto dominasse la mia mente. Un dolore intenso si espanse per tutto il corpo, come se le ossa si stessero rompendo. Cercai di resistere, volevo rimanere lucida, così iniziai a fare lunghi e profondi respiri. Più provavo a combattere però, più la sofferenza sembrava amplificarsi.

Il dolore divenne così acuto che mi uscì un lamento e, nonostante fossi già in ginocchio, d'istinto mi piegai su me stessa come se avessi ricevuto un pugno nel plesso solare.

La sensazione dello spezzarsi delle ossa ritornò, sembrava che ogni vertebra si stesse separando l'una dall'altra. Non mi restò altro da fare che distendermi e urlare, un urlo che non era umano, ma animale, non sembrava nemmeno provenire da me. Come in preda a una forte crisi epilettica, iniziai a tremare e poi mi irrigidii di colpo.

La pozza di sangue lì accanto rifletté la mia immagine: un lupo dal pelo bianco e dagli occhi rossi mi fissava con disperazione, mentre, come un cucciolo fedele, restava seduto di fianco al corpo della nonna.

Non so per quanto tempo rimasi così.

Quando sentii qualcuno avvicinarsi, mi girai di scatto, mi alzai in piedi e, forte della mia immensa statura, cercai di non far avvicinare quegli estranei al corpo. Gli ringhiai contro, ma nonostante, tutto uno di loro si fece avanti.

Sembrava non aver paura di ciò che ero, di quello in cui mi ero trasformata. Incurante dei miei ringhi minacciosi, accorciava le distanze. Quando fu abbastanza vicino, con una spinta lo scaraventai lontano e mi misi in posizione di difesa.

Non avrei permesso a nessuno di avvicinarsi al corpo della mia adorata nonna.

Sebbene l'avessi attaccato, l'estraneo ritornò e iniziò a parlare.

Lo guardai, inclinai la testa, mi concentrai sulle sue labbra. Dicevano di non preoccuparmi, che sarebbe andato tutto bene, ma dovevo calmarmi. Poi sorrise e allungò una mano verso il mio muso.

All'improvviso, riuscii a dare un senso a quelle parole. La voce e il tocco delicato erano familiari, erano quelli di mia madre.

Iniziai a ululare, un ululato che lentamente si trasformò in grido.

E poi il buio.

CAPITOLO 3

Quando ripresi conoscenza ero nella mia camera.

Indossavo vestiti diversi, forse mia madre mi aveva cambiata mentre ero svenuta. Misi le ciabatte, andai in bagno, mi sciacquai il viso e poi mi diressi verso la cucina, dove mi preparai del caffellatte.

Sul tavolo c'erano dei fogli e delle foto di nonna. A un tratto, mi resi conto che quell'incubo era reale. Mi era impossibile accettare il fatto che nonna fosse morta.

Presi in mano le foto e le guardai a una a una. Ricordavo ogni singolo giorno di quando erano state scattate. Mi soffermai sull'ultima, una fototessera che nonna si era fatta fare per rinnovare il documento d'identità. C'ero stata anch'io con lei, quel giorno. Trasalii quando le voci dei miei genitori spezzarono il silenzio. Non volevo vederli, non volevo parlare. Non ancora. Corsi via e mi rifugiai in camera chiudendomi a chiave.

Mi sdraiai a letto, sorseggiando il latte nella tazza che nonna mi aveva comprato al mercato un venerdì che non ero andata a scuola.

Le immagini di quell'incubo mi si presentarono davanti agli occhi come un film che avevo deciso di far scorrere veloce.

Dopo aver visto la nonna ricoperta di sangue, i ricordi erano confusi, quasi frammentati e muti.

Ricordavo solo il dolore improvviso, la voce di mamma ovattata e poi buio assoluto. Cercai di sforzarmi di rammentare cosa fosse successo in quei momenti, le domande dentro la mia testa iniziavano ad affollarsi senza darmi il tempo di soffermarmi su ogni singolo particolare.

Cos'era accaduto dopo il dolore? Forse ero svenuta. No, prima avevo riconosciuto la voce di mia madre. Perché non ricordavo in modo nitido quell'istante?

Mi alzai, andai verso lo specchio, osservai la mia immagine. Di colpo, davanti ai miei occhi si disegnò il viso di un lupo. Rimasi immobile. Non ero impaurita, ero sgomenta. Ero io l'animale riflesso? Continuai a guardare lo specchio come se potesse darmi la risposta, ma l'immagine si cancellò in fretta, così com'era apparsa.

Il telefono iniziò a vibrare: la notizia della morte della nonna doveva essere arrivata anche alle mie compagne di classe. Lo presi e lo infilai sotto al cuscino, non avevo voglia di pietà o cose simili.

Nei giorni dopo l'accaduto, non ebbi la forza di vestirmi, rimasi in pigiama per tutto il tempo. I miei provarono a parlarmi, ma rifiutai persino di incontrare il resto dei parenti venuti per il funerale.

Il giorno della funzione indossai un vestito nero lungo fino alle ginocchia e un paio di sandali dello stesso colore.

Uscii dalla mia stanza e, insieme ai miei genitori, ci dirigemmo verso la chiesa, attraversando la cappa di umidità che inglobava le strade.

Noi tre, le cugine e gli zii ci sedemmo in prima fila.

Il pomeriggio prima, il prete era venuto a trovarci a casa e aveva chiesto a ciascun nipote di scrivere qualcosa da leggere durante la messa.

Io però non avevo preparato alcun discorso, a differenza delle mie cugine e i miei cugini; d'altronde, loro non erano stati presenti quel giorno, non avevano tenuto il corpo di nostra nonna tra le braccia. Se anche mi fossi sforzata a condividere il mio dolore, non avrebbero capito. Salii sull'altare, alzai lo sguardo e vidi la chiesa piena di persone, così tante che era stata lasciata la porta aperta.

Poi mi girai verso la bara chiusa che conteneva il corpo. Presi un profondo respiro.

«Ti voglio bene, nonna.»

Tornai al mio posto.

Finita la messa, portarono la bara al cimitero. Con il sole che ci seguiva bruciandoci le spalle e il sudore che si confondeva alle lacrime, la salutammo per l'ultima volta.

A casa ci investì un flusso continuo di gente che entrava e usciva per fare le condoglianze.

Tra i visi familiari, ne notai due del tutto estranei. Erano due uomini. Quello che sembrava il più giovane attirò la mia attenzione. Indossava un paio di jeans blu notte e una maglietta nera, i capelli erano tirati indietro con del gel; con passo sicuro, andò verso i miei genitori non curandosi delle persone intorno. Sembravano conoscersi, perché mamma non riuscì a trattenere le lacrime. L'uomo abbracciò prima lei e poi mio padre. Mamma si voltò verso di me e mi fece cenno con la mano di raggiungerli.

«Sono Antonio, piacere di conoscerti», mi disse, porgendomi la mano. «Tu devi essere la piccola Luna. Tua nonna mi ha parlato molto di te.»

Gli fissai la mano e poi lo guardai negli occhi. Rimasi in silenzio. A me la nonna non lo aveva mai nominato, non capivo il perché di tutte quelle confidenze.

«Grazie per essere venuti», mormorai, e poi feci per andare via.

Odiavo tutte quelle formalità e le lacrime finte, soprattutto da parte di persone che non vedevo da tempo e che, sapevo, non avevano buoni rapporti con mia nonna.

La sera arrivò presto e, quando finalmente tutti se ne andarono, potei richiudermi in camera.

Dopo la doccia, indossai lo stesso vestito che nonna usava per stare a casa; era verde con dei fiori tutti colorati, una tasca gigante in cui potevano entrare due mani e un laccio, che regolai facendo un doppio nodo.

Mi affacciai dal balcone della camera.

Quella sera il cielo sembrava un enorme quadro, di un blu così intenso da far risaltare il semicerchio bianco e perfetto della luna, il picchiettio disordinato e argenteo delle stelle.

Mi immaginai sdraiata su quella mezza luna come se fosse un'amaca, mi appoggiai al davanzale e sospirai. Le lacrime iniziarono a uscire silenziose, come pensieri intrappolati e adesso liberi di esprimersi.

Nonna non c'era più. Se io fossi intervenuta, se avessi disubbidito, lei sarebbe stata ancora viva?

Mi sentii chiamare, mi asciugai gli occhi con entrambe le mani e raggiunsi i miei in cucina.

«Siediti, dobbiamo parlare.»

Li scrutai, il loro sguardo era serio e preoccupato. Mio padre teneva la mano di mamma, che sembrava non riuscire a trovare le parole per iniziare il discorso.

«Sappiamo che non è il momento più adatto, ma dobbiamo farti delle domande.»

Io mi limitai ad annuire.

«Abbiamo bisogno di sapere», continuò mamma, «cosa ricordi di quel giorno?»

«Nonna mi chiese di nascondermi e io lo feci.»

«Cosa ricordi però di... dopo?»

Esitai, giocando nervosamente con il laccio del vestito.

«Ho sentito un forte dolore e poi la tua voce, mamma, che piano piano si faceva più chiara.»

«Nient'altro?» insistettero.

Confermai. Mamma si schiarì la voce. Ciò che mi disse dopo, il modo sofferente con cui mi guardò, non li avrei dimenticati fino all'ultimo respiro.

«Luna, quando siamo arrivati da nonna, tu non eri più te stessa.»

«Cosa vuoi dire?»

Lei prese un profondo respiro prima di proseguire.

«Ti sei trasformata in un... licantropo. E per proteggere la nonna ci hai ringhiato contro.»

Iniziai a scuotere la testa. Mi aggrappai a un lembo del tavolo per resistere alla vertigine.

«Mamma, i licantropi non esistono.»

«Sì, invece, e tu sei una di loro. Tu sei come la nonna, sei l'ultima dei licantropi bianchi.»

Nella mia mente iniziò a risuonare un ringhio basso. Mi raddrizzai sulla sedia e la spinsi goffamente indietro, come per allontanarmi da quelle parole, dalla verità.

«La nonna era un licantropo bianco guerriero anziano, molto rispettato. Credevamo che sarebbe persino diventata il primo Alpha donna.»

19

Mamma confessò che lei e papà avevano desiderato con tutto il loro cuore avere dei figli, nonostante sapessero che c'era la possibilità che il gene della licantropia venisse trasmesso.

Nessuno dei miei cugini aveva manifestato sintomi che potessero insospettire la nonna e tantomeno io, con il mio carattere tranquillo e riservato. Non avrebbero mai pensato che potessi aver ereditato il gene: quando mi avevano vista accanto al corpo, ormai trasformata, l'errore commesso era apparso chiaro.

«Allora... cos'è successo veramente alla nonna?»

«Non sappiamo molto, ma ci sono delle indagini in corso che l'Alpha sta seguendo.»

«L'Alpha?»

«L'Alpha è il licantropo che viene scelto per guidare una comunità di altri licantropi.»

«Come un capobranco?»

Mia madre annuì. «L'hai conosciuto al funerale. Si chiama Antonio.»

Provò a ripetermi di non preoccuparmi, di non avere paura, che tutto sarebbe andato per il meglio. Ma più parlava, più iniziavo ad agitarmi, le mani sudavano, le gambe cominciavano a tremare. Cercai di calmarmi, ma con scarsi risultati.

«Potrebbero averla uccisa le persone che sono entrate in casa?»

«Luna, davvero non sappiamo molto, ci affidiamo all'Alpha e devi farlo anche tu.»

Capii di stare per perdere il controllo. Cosa sarebbe accaduto se mi fossi trasformata in quel momento? Per evitare di fare del male ai miei genitori, mi alzai di scatto dalla sedia e mi rifugiai nella mia stanza.

Mi guardai allo specchio. I miei occhi erano diventati rossi, la mascella contratta. Dalle labbra mi uscì un ringhio.

Mi avvicinai ancora di più. Mi sembrava di fissare un'estranea che imitava i miei stessi movimenti.

Guardai le mani e vidi che stavano cambiando. Le dita si stavano affusolando come artigli, e di nuovo quel dolore lancinante si presentò. Mi premetti le mani intorno alla vita come per fermarlo, ma non era possibile. Il mio corpo stava prendendo volume e io persi per un attimo l'equilibrio.

Lo sguardo cadde di nuovo sullo specchio. Con la mano destra mi appoggiai alla sua cornice, iniziai a respirare, ripresi un aspetto più umano. Mi osservai.

Avevo un lupo dentro di me. Cosa sarebbe successo se mai si fosse liberato? Avrebbe potuto fare del male alle persone a cui tenevo? Non potevo permetterlo, avrei fatto di tutto per sopprimerlo. Non sarei stata un mostro.

E cosa ne sarebbe stato del mio futuro? Nessuno mi avrebbe offerto un posto di lavoro se mai il lupo avesse preso il sopravvento. Tutti avrebbero avuto paura e avrei fatto ancora più fatica ad avere degli amici e, chissà, forse un ragazzo.

Serrai gli occhi, come per respingere il mio riflesso. Nessuno avrebbe mai accettato e amato una ragazza-lupo.

CAPITOLO 4

Il giorno seguente i miei genitori bussarono più volte, ma io non risposi.

Mi sentivo tradita. Non capivo perché mi avessero nascosto una cosa così importante. Persino nonna: perché non mi aveva detto la verità? Perché solo io avevo ereditato il gene del lupo? Il resto della famiglia lo sapeva? Tutte queste domande mi tormentavano e mi avevano tolto il sonno.

Quando mia madre aprì la porta con la tazza di latte e caffè, mi misi seduta sul letto. Lei si avvicinò e me la porse, rimanendo in silenzio. Non riuscii a fare altrettanto.

«Mamma, perché me lo avete nascosto?»

«Per proteggerti.» Si mise seduta ai piedi del letto. Nonostante lo sguardo grave, sembrava sollevata che io volessi parlare.

«Gli zii lo sanno? I miei cugini?»

«Gli zii sanno della possibile trasmissione della licantropia, ma la nonna ci ha fatto promettere di non rivelarlo a nessuno se il gene fosse comparso nella nostra famiglia.»

«Adesso dovrai dire agli altri di me?»

Mia madre scosse la testa, mi rassicurò che sarebbe rimasto un segreto.

«So che non è facile, per questo ti consiglio di parlare con l'Alpha.»

Sospirò e mi spiegò che esisteva un posto, un *Istituto* lo chiamò, solo per licantropi, gestito da lui, dove mi avrebbero insegnato a controllare il lupo.

D'istinto mi rifiutai. Potevo farcela anche da sola, ero forte, non avevo bisogno di nessuno.

Quell'istituto non mi sarebbe servito, avevo altri progetti e volevo seguirli. Non avrei permesso al lupo di cambiare i miei piani futuri.

Mia madre cercò di convincermi, ma io rimasi ferma nelle mie idee.

«Perché è così importate per te che io parli con l'Alpha?»

«Perché lui può rispondere a tutte le tue domande su ciò che ti è successo.»

La parola "istituto" mi suonava come "manicomio", eppure, dopo un lungo silenzio, accettai con la speranza che sarebbe servito a renderei miei genitori più tranquilli.

Il sabato successivo, mi ritrovai dunque di fronte a un enorme cancello di ferro con la scritta *"Villa Gaia"*.

Alla mia destra avevo il trolley blu che mia madre mi aveva preparato, nonostante le avessi detto che non ne avrei avuto bisogno.

Risuonarono dentro la mia testa le sue parole prima che salissi sul treno: «Vedrai che ti servirà».

Ebbi l'istinto di voltarmi e andarmene, ma poi, un ragazzo con gli occhiali tondi alla Harry Potter mi venne incontro. Mi fece cenno di seguirlo, così strinsi la maniglia della valigia e mi incamminai.

La villa era una grande struttura immersa nel verde, dalle mura antiche. Nel parco circostante, dei ragazzi stavano passeggiando, e altri, seduti sull'erba, immergevano i loro visi nei cellulari o nella Switch.

Rabbrividii. Tutti quei ragazzi erano licantropi come me.

Mentre percorrevo il giardino, non riuscivo a capacitarmi di quello che mi stava succedendo.

Solo qualche giorno prima, avevo parlato con la nonna del mio futuro, della decisione di non andare all'università, di come avrei speso il mio primo stipendio e dei viaggi che avrei programmato. Desideravo vivere come una normale ragazza della mia età. Invece, ero in quel posto perché ero un licantropo. Perché dentro di me risiedeva un mostro. Più mi addentravo nella villa, più desideravo che fosse tutto un brutto sogno. Mi sarei svegliata, sarei andata a trovare la nonna, e davanti a un piatto di spaghetti al pomodoro avremmo parlato come se niente fosse accaduto.

Le avrei raccontato il sogno e lei mi avrebbe risposto ridendo: *"Smettila di vedere i film horror prima di andare a letto"*.

Attraversai un lungo corridoio, pieno di armadietti e diverse aule. C'erano anche delle scale, e il ragazzo, di cui non conoscevo ancora il nome, mi disse che portavano al dormitorio.

Ci fermammo infine davanti a una porta massiccia.

«L'Alpha ti sta aspettando.»

Bussai.

CAPITOLO 5

Quando mi vide, l'Alpha si alzò dalla sedia. Fece il giro della scrivania, ringraziò il ragazzo e lo congedò con un cenno.

Una volta rimasti soli, mi fece accomodare.

«Benvenuta, Luna. È un piacere rivederti», disse ritornando dietro la scrivania.

Rinnovò poi le sue condoglianze, lo ringraziai.

Se lo avessi incrociato per strada, non avrei mai pensato che potesse essere niente di diverso che un uomo qualunque. Con le sue spalle larghe e il viso giovane e attraente, lo avrei scambiato per un universitario bello e dannato. Eppure, anche lui era un licantropo. Il più importante di tutti.

«Sono felice tu sia qui. Sai, tua nonna teneva molto a questo posto, per me è stata un mentore.»

Rimasi in silenzio, mi si formò un nodo in gola.

«Quando tua madre mi ha detto della trasformazione, mi sono proposto io stesso di accoglierti, non solo per il forte legame che mi lega alla tua famiglia, ma anche perché ho il dovere, come Alpha, di proteggerti. Sei una di noi.»

«Non ho bisogno di protezione, posso cavarmela da sola.»

«So bene come ti senti, ci siamo passati tutti. Sei una ragazza forte, ma permettimi di guidarti fino a quando non sarai piena-mente capace di controllare il lupo che è in te.»

Deglutii. L'Alpha sembrava leggermi nella mente, anticipare ogni mia domanda prima che la esprimessi. Ma io non volevo controllare il lupo. Io volevo liberarmene.

Continuò a parlare raccontandomi la sua prima trasformazione e come la nonna lo avesse aiutato a controllarla.

«L'Istituto è stato creato per questo motivo: per non abbandonare i ragazzi a se stessi», concluse.

Ovviamente c'erano delle regole da seguire. L'Istituto era una vera e propria scuola per licantropi: se avessi accettato di farne parte, avrei dovuto superare dei test per essere assegnata a una classe con ragazzi del mio stesso livello.

L'Alpha mi aveva già riservato una stanza con delle altre ragazze, nel caso in cui avessi deciso di accettare la sua proposta.

Non sapevo se mi desse più fastidio il suo atteggiamento sicuro o il fatto che avesse in qualche modo ragione.

«Posso farle una domanda?»

«Certo, puoi chiedermi tutto quello che vuoi. Dammi del tu per favore.»

«So che ti stai occupando di indagare su ciò che è successo a mia nonna e volevo sapere se ci fossero novità.»

Vidi la sua espressione cambiare. Si fece più seria; forse l'avevo colto alla sprovvista. Si appoggiò con la schiena alla sedia.

«No, non ancora. Ma ti prometto che farò tutto ciò che è in mio potere per scoprire ciò che è accaduto. E ti terrò aggiornata.»

Fu in quel momento che capii che avrei accettato la sua proposta. Avrei fatto di tutto per trovare il colpevole della morte di mia nonna. Stando lì, sarei stata la prima a sapere delle indagini.

Annuendo di soddisfazione, l'Alpha richiamò il ragazzo che mi aveva condotta nel suo ufficio. Sempre senza presentarsi, mi accompagnò alla camera che mi avevano assegnato, poi si dileguò nel corridoio.

Bussai brevemente e poi entrai. Rimasi per un po' in piedi davanti alla porta fissando la stanza. Non era molto grande. C'erano tre letti singoli, una scrivania di fronte alla finestra, tre armadi e un bagno.

«Ciao, sono Vittoria.»

Una ragazza che sembrava poco più grande di me mi allungò la mano. Aveva gli occhi azzurri e capelli lunghi e ricci che sembravano molle nere; ogni volta che si muoveva le rimbalzavano per tutta la testa.

Subito dietro di lei, sbucò anche un'altra ragazza, che si sedette sul letto con le gambe incrociate e il computer appoggiato sopra.

«E io sono Carolina.»

Tirò su con il dito gli occhiali da vista. Aveva i capelli poco sopra le spalle di un biondo rame.

Mi presentai con un filo di voce. Anche loro dovevano essere come me. Non sapendo che altro dire, mi preparai a un silenzio imbarazzato, ma Vittoria mi prese sottobraccio, conducendomi fuori dalla stanza. Carolina ci seguì.

«Adesso la nostra stanza è al completo! Vieni, ti mostriamo la villa. È facile perdersi.»

Durante il giro dell'Istituto, mi lasciai trascinare senza proteste. Più che altro era Vittoria a parlare, e ogni tanto interveniva anche l'altra ragazza.

Mi fecero vedere l'interno delle aule, ampie come quelle universitarie, e poi la stanza dove si riunivano i professori.

«Non sono proprio dei professori, se capisci cosa intendo... Sono più delle guide o dei mentori», precisò Vittoria.

Visitammo il giardino e poi, prima di tornare in camera, passammo davanti alla biblioteca.

Entrai senza esitare. Vittoria e Carolina rimasero fuori ad aspettare; feci un giro veloce, e nella bacheca vicino l'uscita, scorsi un annuncio: cercavano un aiutante.

Lo staccai e lo infilai in tasca.

Raggiunsi le ragazze e tornammo in camera. Sistemai le mie cose nell'armadio e nel bagno, e prima di andare a dormire chiamai mia madre.

«Luna, come è andata? Come stai?»

«Sto bene…», esitai. «Ho deciso di rimanere. Almeno fino a quando non controllerò il lupo.»

Lei sospirò, probabilmente di sollievo.

«Ne sono contenta, sono sicura che ti troverai bene.»

«Lo spero. Adesso però devo andare. Sai, ci sono delle regole da rispettare.»

«Certo, piccola mia, vai.»

«Saluta papà, buonanotte.»

«Sì, buonanotte.»

Riattaccai. Da quel giorno, un nuovo capitolo della mia vita, ben diverso da quello che mi ero aspettata, era iniziato. O forse non era un nuovo capitolo. Forse era una storia completamente diversa.

CAPITOLO 6

Il giorno dopo mi preparai e, con l'aiuto di Vittoria e Carolina, riuscii a non perdermi tra i corridoi e presentarmi puntuale nell'aula dove si sarebbero svolti i test che avrebbero deciso in quale classe sarei stata collocata.

Dentro l'aula, c'erano altri ragazzi divisi in piccoli gruppi. Quando entrai mi guardarono, poi ritornarono a parlare fra di loro. Decisi di mettermi in fondo per non essere disturbata.

Il ragazzo che il giorno prima mi aveva accompagnato dall'Alpha entrò, si presentò. Si chiamava Marco ed era il nostro esaminatore, non solo per ciò che riguardava i test scritti, ma anche per le prove fisiche.

Mentre giocavo nervosamente con la penna, lo vidi alzare lo sguardo e farmi un cenno.

«Signorina Proietti, venga qui», fece, indicando il banco di fronte alla cattedra.

Con gli occhi bassi, presi le mie cose e cambiai posto. Sentii mormorare alle mie spalle, ma cercai di non farci caso.

Dopo aver fatto l'appello e ritirato i cellulari, ci diedero un quiz a scelta multipla.

Mi grattai la testa con la bic blu. Le domande che mi ponevano sembravano di cultura generale, ma riguardavano tutte il mondo soprannaturale.

La conoscenza di quel mondo mi era estranea; quindi, decisi di rispondere in base a ciò che ricordavo da libri e film, sperando che ci fosse qualcosa di vero.

Quando tutti consegnarono il test, Marco si alzò in piedi e ci chiese di seguirlo. Andammo dietro la villa e lì, senza mezzi termini, ci chiese di trasformarci.

D'istinto, feci un passo indietro. Non volevo trasformarmi, non volevo più provare quel dolore. Attorno a me, gli altri sembravano entusiasti dalla prova. Io invece avevo paura.

Lentamente, i miei compagni iniziarono a mutare la loro forma. Alcuni divennero lupi dal pelo corvino e dagli occhi neri, altri si trasformarono solo per metà: il loro corpo prendeva volume, aumentavano la loro forza e le pupille divenivano bianche; rimanevano però con sembianze umane.

«Signorina Proietti, tocca a lei», disse Marco. «Si trasformi, per favore.»

Rimasi ferma, immobile. Tutti stavano aspettando. Ma non volevo far uscire il lupo, non di nuovo. Tenni la testa abbassata, le mani si chiusero in pugni.

La voce di Marco si fece più dolce e mi incoraggiò alla trasformazione.

«Chiudi gli occhi, non avere paura. Lascia libero il lupo che è dentro di te.»

Provai ad ascoltarlo e chiusi gli occhi. Nuotai dentro un mare immenso di emozioni, ma le voci dei ragazzi mi distrassero. Ciò che sussurravano non faceva altro che scoraggiarmi e irritarmi.

«Secondo me non è un vero licantropo.»

«Dici? E se invece fosse capace di controllare il lupo?»

«Impossibile, guardala... non sa neanche quello che sta facendo.»

Cercai di isolarmi dalle voci. Tornai alla mia prima trasformazione, i rumori della lotta di quel giorno mi martellarono in testa come se fossi tornata indietro nel tempo. Mi ritrovai vicino al corpo senza vita di mia nonna, mi specchiai nella pozza di sangue accanto a lei, e fu lì, all'apice del dolore, che mi trasformai.

Le facce delle persone attorno a me erano meravigliate. Ringhiai infastidita, e uno di quei ragazzi si trasformò e mi attaccò. Cercai di evitarlo, ma lui continuò, sembrava divertito.

Al suo terzo tentativo di colpirmi, lo presi per il collo e lo atterrai, issandomi sopra di lui in posizione di dominazione. Gli ringhiai ancora, come per rafforzare la mia autorità.

Il ragazzo tornò umano, raggiunse il gruppo.

Mi alzai, mi sentii più leggera e capii che anche io ero tornata umana.

Caddi sulle ginocchia; mi sentivo come se avessi corso fino allo sfinimento e, più provavo a respirare, più il fiato si spezzava.

Alzai lo sguardo. Intorno a me solo macchie sfocate e poi, il buio.

Quando riaprii gli occhi ero nella mia stanza al dormitorio e indossavo una camicia da notte azzurra che non era mia. Girai la testa.

Vittoria scattò verso la porta e Carolina si avvicinò per aiutarmi a mettermi seduta.

Marco entrò, si avvicinò al letto.

«Come ti senti?»

«Sto bene...»

«Ricordi cos'è successo?»

«Mi sono trasformata... E poi sono svenuta»

«Sai perché ti è successo?»

«Non saprei, forse è un effetto collaterale.»

«Non abbiamo effetti collaterali», rispose divertito.

«Allora perché sono svenuta?»

Lui evitò con cura la risposta. «Per oggi abbiamo finito, questa sera usciranno i risultati. Nel frattempo, tu riposa.»

Non ebbi la forza di ribattere. Quando Marco andò via, provai ad alzarmi nonostante la testa girasse. Lentamente, misi a terra un piede alla volta e aspettai qualche minuto prima di sollevarmi. Allungai la mano verso il comodino dove era appoggiato il telefono per controllare l'ora. Nel tentativo di afferrarlo, il foglio della biblioteca cadde sul pavimento.

Lo guardai, avrei voluto abbassarmi per prenderlo, ma ero ancora scombussolata. Sbuffai e tornai a sdraiata sul letto.

«Cos'è questo?» chiese Vittoria, raccogliendo il foglietto da terra.

«L'ho preso ieri, durante il giro dell'Istituto.»

«Vuoi lavorare in biblioteca?».

«Diciamo che *avrei voluto* lavorare, ma ormai non so se ha più senso.»

«Perché?».

«Per tutto questo…», indicai me stessa e poi la stanza attorno.

Vittoria mi porse il foglio.

«Sai quante volte mi è capitato quando frequentavo le scuole superiori? Ma almeno tu hai la fortuna di poter lavorare in un posto dove non hai bisogno di nasconderti», confessò.

«Secondo me ci devi provare», disse Carolina.

Ci pensai per un po', poi, qualche ora più tardi, andai in biblioteca.

Mi ritrovai in mezzo a un'infinità di scaffali. Sul lato destro dell'entrata, c'era una scrivania in cui chiedere informazioni e registrare i libri che si volevano prendere in prestito.

Più avanti, scorsi dei tavoli con delle piccole lampade a led.

Andai a fare un giro tra gli scaffali, curiosa di scoprire i volumi che avrei trovato in una biblioteca "soprannaturale".

Mentre ero concentrata a sfogliare il *Bestiario,* una mano picchiettò all'improvviso sulla mia spalla, facendomi trasalire.

«Oddio! Che spavento!»

«Sono così brutto?» mi rispose.

«Mi scusi, non… non intendevo quello», balbettai posando il libro.

«Ti sembro così vecchio?» fece lo sconosciuto, incrociando le braccia.

Lo guardai bene. Era un ragazzo alto, con i capelli castani e gli occhi marrone chiaro. Sulla maglietta nera spiccava il cartellino con il suo nome: Francesco.

No, non era né vecchio né tanto meno brutto, ma a lui di certo non l'avrei ammesso.

CAPITOLO 7

«Sto per chiudere, cosa ti serviva?» chiese il ragazzo, allontanandosi dal corridoio di libri.

Gli andai dietro.

«Sono qui per l'annuncio di lavoro, se non hai già trovato personale...»

Mi indicò la scrivania all'entrata. «Immagino tu sappia usare un computer.»

«Sì.»

Mi mostrò il programma che usava domandando se lo conoscessi. Fui sincera: era la prima volta che lo vedevo. Mi spiegò come funzionava e io cercai di memorizzare i passaggi.

Mi portò di nuovo tra gli scaffali e, prendendo i primi cinque libri che aveva sulla scrivania, mi chiese di metterli al loro posto. Andavo spesso in biblioteca a fare ricerche: per quanto fosse più semplice cercare su Google, io preferivo i libri. Riuscii quindi a orientarmi e posizionarli senza particolari difficoltà.

Sentivo il suo sguardo seguire ogni mia azione, come se fosse fondamentale analizzare il modo in cui salivo la scala per mettere il libro nello scaffale.

Si avvicinò mettendomi la mano dietro la schiena, quasi per assicurarsi di essere pronto a prendermi se mai fossi scivolata.

Scesi dalla scala. Mentre lo guardavo in attesa di un parere, mi accorsi del neo che aveva sul lato sinistro del collo; sembrava formare un trifoglio.

«Bene, per me sei assunta.»

«Davvero? Sei sicuro?».

«Sì, *Lupetto*, ho fatto altri colloqui prima di te e nessuno mi ha convinto. Quindi ci vediamo la prossima settimana per il tuo primo giorno di lavoro.»

«Non vorrei sembrare indiscreta, ma quant'è la paga?»

«Prima accetti il lavoro e poi mi chiedi quanto verresti pagata?»

«Sì?»

Lo vidi trattenere una risata.

«Verrai solo tre volte a settimana. La tua paga sarà di cinquecento euro al mese.»

Ripetei la cifra tra me e me.

«Che c'è, non ti va bene?» fece, incrociando le braccia.

«Assolutamente, va benissimo!» risposi, trattenendo a stento l'euforia.

Lui mi accompagnò fino alla porta.

«Comunque, sono Francesco.»

Mi resi conto che, in effetti, non ci eravamo presentati, come se sapere i nostri nomi fosse superfluo.

«Piacere, Luna.»

Dopo un ultimo sguardo, andai via.

Prima di salire in camera, mi diressi a vedere i risultati dei test. Mentre percorrevo il corridoio, mi resi conto di essere più in ansia per il verdetto di quell'esame di quanto non lo fossi stata per la maturità.

Vidi Marco farmi cenno di raggiungerlo e gli andai incontro. Forse il test era fallito, forse sarei dovuta tornare a casa. Come avrei potuto spiegarlo ai miei genitori? E soprattutto, come avrei potuto scoprire la verità sulla morte della nonna? È vero, all'inizio non ero stata d'accordo ad andare, ma ora avrei fatto di tutto per rimanere. Con mia grande sorpresa però, non ebbi bisogno di convincere nessuno a farmi restare. Marco mi disse che avrei frequentato le lezioni teoriche insieme agli altri ragazzi del primo anno. Invece, per la pratica, avrei seguito delle lezioni private con lui.

«Perché non posso esercitarmi con tutti gli altri? Non sono un licantropo anch'io?»

«Sì, certamente, ma l'Alpha ha deciso così.»

Avevo capito che nessuno avrebbe mai contraddetto le decisioni di Antonio, quindi decisi di non replicare. Mi diede gli orari delle lezioni e tornai in stanza.

Il giorno dopo, alle nove, seguii la mia prima lezione teorica.

In aula scrutai i volti familiari dei compagni che avevano fatto il test con me.

Il ragazzo che mi aveva attaccato era seduto due file avanti; con la coda dell'occhio lo vidi fare una smorfia simile a un ringhio, ma quando alzai lo sguardo per affrontarlo, lui lo abbassò e mi diede le spalle.

Cercai di tenere a bada il lupo dentro di me, rimproverandolo per il controllo che aveva perso durante la prova. Non potevo farmi delle antipatie già il primo giorno.

Una donna con la coda alta, ben truccata e con un completo bianco a righe nere, scese le scale come se fosse su una passerella. Posò la sua valigetta sopra la scrivania e ne tirò fuori dei fogli che chiese a un ragazzo di distribuire.

«Mi chiamo Carlotta Dionisi», si presentò. «Partiremo dal principio. Lezione numero uno: la storia.»

Aveva una voce calma, ma imperativa, attirò subito la nostra attenzione.

«Studierete la storia, perché dalla storia noi possiamo imparare a distinguere il vero dal falso, capire come si è evoluto il mondo soprannaturale.»

Si prese del tempo per schiarirsi la gola.

«Soprattutto,» continuò, «la storia ci dovrebbe insegnare a non commettere gli errori dei nostri antenati. La nostra razza ha avuto molte difficoltà a inserirsi nella società umana, perché la paura è il nemico di entrambi. Per un periodo, gli umani si comportarono con noi come serpenti, che per difendersi attaccano e uccidono chi hanno di fronte.»

Si appoggiò alla scrivania.

«Certo, non attaccavano solo noi, ma qualsiasi essere soprannaturale che potesse rappresentare una minaccia.»

Si slacciò il bottone della giacca, mise le mani in tasca e, continuando a parlare, iniziò a camminare avanti e indietro lungo la prima fila.

«Oggi non è più così, ma non bisogna mai abbassare la guardia. La storia passata si potrebbe ripetere e noi dobbiamo essere pronti al cambiamento.»

Due ore dopo, il suono della campanella mi diede l'impressione di essermi svegliata da un'ipnosi. La donna si riabbottonò la giacca, ci guardò e, con un sorriso, ci assegnò di studiare le slide che ci aveva mostrato. Ogni dieci lezioni ci avrebbe fatto fare un test per verificare la nostra preparazione. Sottolineò che il test sarebbe stato diverso per ognuno di noi e se non lo avessimo superato, le domande si sarebbero accavallate con quelle delle altre dieci lezioni successive. Sentendomi già un po' sopraffatta, uscii dall'aula e mi diressi verso il retro della villa. Lì mi aspettava Marco per la prima lezione individuale. Quando lo scorsi in piedi in attesa, nella sua tuta blu elettrico, mi assalì di nuovo la paura.

Mi fece cenno di seguirlo. Attraversammo il recinto che delineava il perimetro della villa.

«Il bosco sarà la tua palestra, dovrai connetterti con *Gaia*.»

Lo guardai perplessa. «Gaia?»

«La Terra.»

Iniziarono a tremarmi le mani.

«Io non... Non voglio trasformarmi. Voglio solo rimanere un essere umano.»

Marco si avvicinò, il suo sguardo penetrò dentro di me attraverso i suoi occhiali rotondi. Mi venne la pelle d'oca.

«Non puoi sbarazzarti del lupo», sussurrò. «Lui è parte di te e tu sei parte di lui. Non sarete mai e poi mai due entità separate. Tu, Luna umana, sei la parte razionale. Il lupo è la parte primordiale, animale e istintiva che molti esseri umani sono riusciti a sopprimere.»

«Allora lo sopprimerò anch'io», continuai a insistere.

«Non puoi.»

«Perché?»

«Sarebbe come eliminare una parte di te stessa.»

Ci mettemmo seduti sull'erba. Mi fece appoggiare i palmi delle mani sul terreno e mi chiese della mia prima trasformazione, di ciò che avevo sentito. Rimasi per un po' in silenzio, le mani iniziarono a giocare con i fili d'erba, poi elencai tutte le emozioni che avevo provato in quel momento. Paura, rabbia, tristezza, senso di colpa.

Mi fece alzare e togliere le scarpe.

Avvertii la terra sotto i piedi. La sensazione era piacevole al tatto. Un soffio di vento fece muovere le foglie degli alberi in sincrono e io alzai gli occhi al cielo e respirai a fondo.

Marco mi chiese di trasformarmi. Mi bloccai. Dentro di me sentivo come un rifiuto. Lui cercò di aiutarmi come il giorno prima, ma non ci fu nessun cambiamento, il lupo non uscì nonostante i numerosi tentativi.

Mi consolò con una pacca sulla spalla.

«Per oggi abbiamo finito, riprenderemo domani.»

Mentre percorrevo il corridoio che conduceva verso la mensa, ripensai alla lezione appena trascorsa. Avrei dovuto sentirmi sollevata per non aver permesso al lupo di uscire; invece, mi sembrava di aver fatto scena muta a un'interrogazione.

Tornata in camera, appoggiai la borsa sul letto, aprii le slide sul piano della scrivania e iniziai a leggerle.

Quando arrivarono le ragazze, anche loro si misero a studiare fino all'ora di cena.

Prima di andare a dormire, chiamai i miei genitori per sapere come stavano. Raccontai a mia madre di quel primo giorno e poi le chiesi se avesse notizie sulle indagini. La risposta fu quella che temevo: ancora nulla.

Durante la notte non riuscii a dormire. Il giorno della morte della nonna mi tornava in mente con prepotenza. Ero l'unica testimone di quella tragedia. Eppure, non mi avevano nemmeno interrogato. Cercai di sforzarmi per cogliere qualche dettaglio che potesse essere utile, che potesse fare la differenza.

Mentre rivedevo quella scena orribile per la centesima volta, mi ricordai di uno strano segno tracciato con il sangue vicino al corpo della nonna, un cerchio con all'interno un punto. Mi alzai in piedi di scatto e afferrai un foglio per disegnarlo. Forse voleva dire qualcosa, o forse no.

L'indomani, prima di andare a lezione, sarei andata a parlarne con l'Alpha.

CAPITOLO 8

Martedì mattina mi svegliai, rifeci il letto, preparai la borsa e, prima di andare a fare colazione, mi recai all'ufficio di Antonio. Venni fermata prima che potessi bussare: una ragazza mi disse che non c'era e che non sapevano con precisione quando sarebbe rientrato.

Sconfortata, mi diressi in mensa, presi un cappuccino, delle fette biscottate, un cubetto di burro e della marmellata alla pesca monoporzione. Raggiunsi Vittoria e Carolina al tavolo e augurai loro il buongiorno. Vittoria, intenta a mordere un cornetto, mi salutò con la mano.

Presi due bustine di zucchero e le versai dentro il cappuccino.

«Luna, questa sera hai da fare?» domandò Carolina.

«Non credo, perché?»

«Ti va di venire con noi a mangiare una pizza?»

«Sì, mi farebbe piacere.»

Finita la colazione, ci salutammo e io andai alla lezione teorica.

L'insegnante approfondì la storia delle creature soprannaturali, parlandoci anche dei vampiri e delle creature marine come le sirene e i tritoni.

Nel bel mezzo della lezione, una ragazza della prima fila alzò la mano.

«Perché dobbiamo stare alle regole umane solo per paura di essere uccisi? Noi siamo più forti, dovremmo dimostrarlo.»

L'aula si riempì di mormorii.

«Essere forte non vuole dire essere immortale. Signorina, le ricordo che lei per metà è umana ed è molto più vulnerabile, perché può essere uccisa in molti più modi.»

Ascoltai in silenzio affascinata, ma non ero d'accordo con nessuno dei due pensieri.

Alzai timidamente la mano e aspettai il permesso di parlare.

«Secondo me non è proprio così.»

Gli occhi di tutti si puntarono su di me. «È vero che i licantropi sono per metà umani, ma è proprio questo il loro punto di forza, a differenza dei vampiri.»

Mi interruppi, ma l'insegnate mi fece cenno di continuare.

«Io credo che la razza più forte non debba sottomettere quella più debole. Dovrebbe proteggerla invece o, per lo meno, cercare un equilibrio che permetta di vivere serenamente insieme.»

«Grazie, signorina...?»

«Proietti.»

«Grazie per aver condiviso il suo pensiero con noi. Per oggi abbiamo finito, ma la prossima volta continueremo l'argomento cercando di rispondere a questa domanda.»

Andò verso la lavagna e scrisse: *Come possono i due mondi trovare l'equilibrio?*

La ricopiai sul mio quaderno, infilai le mie cose in borsa e raggiunsi Marco nel bosco. Come il giorno prima, mi aspettava in piedi nella sua tuta blu. Come il giorno prima, mi disse di togliermi le scarpe, di cercare *Gaia*.

Poi, però, iniziò a girarmi intorno. Lo fissai sgomenta, senza sapere cosa aspettarmi. E poi accadde: si trasformò in un enorme lupo grigio con gli occhi gialli. Con voce metallica, mi chiese di trasformarmi, di lasciarmi trasportare dalle emozioni che in quel momento mi attraversavano il corpo.

Ci provai, per quanto mi mettesse soggezione la sua figura da lupo, cercai di rimanere concentrata.

Improvvisamente però, cambiò atteggiamento. Iniziò a provocarmi, ad avvicinarsi per incutermi timore. Il mio cuore batteva come un martello pneumatico fuori controllo, le mani cominciavano a sudare. Marco mi ringhiò contro e io non riuscii a trattenermi: a mia volta risposi al ringhio, e fu in quel momento che mi trasformai.

Provai a ritornare in me, ma ormai era impossibile. Marco iniziò a correre, e io lo seguii.

Testò tutte le mie capacità da lupo: la forza, la velocità, la robustezza, l'istinto e il mio autocontrollo. Quando ritornammo umani e io caddi a terra, cercai di non perdere i sensi; per un po' riuscii a resistere alla pesantezza che provavo, ma poi chiusi gli occhi.

Quando li riaprii, ero ancora nel bosco. Il mio mentore mi aveva coperto con un accappatoio bianco. Osservai i miei vestiti stracciati: a quel dettaglio non troppo insignificante non avevo ancora pensato.

«Ti consiglio di portare sempre con te un cambio d'abito», fece Marco, poi sorrise.

«Devo dire che hai del potenziale nonostante rifiuti ciò che sei.» Mi aiutò a mettermi seduta. «Quindi, nelle prossime lezioni ti aiuterò a controllarlo».

«Non voglio controllarlo.»

«Se ancora non l'avessi capito, è proprio il tuo rifiuto che ti fa svenire.»

«Che vuoi dire?»

«Il forte contrasto dentro di te genera una sorta di blackout. Luna, non puoi fuggire dal lupo. Se vuoi andare avanti, se vuoi stare bene, devi imparare ad accettarlo.»

Le parole di Marco mi ronzavano ancora nella mente quando tornai in camera e

mi preparai per il mio primo giorno di lavoro.

Francesco mi accolse con un sorriso. Mi porse un cartellino con sopra il mio nome e trascinò verso di me un carrello colmo di libri.

Mentre li sistemavo sugli scaffali, la biblioteca iniziò ad affollarsi. Francesco mi fece cenno con la mano di raggiungerlo. Voleva mostrarmi come registrare un libro preso in prestito, e cercai di memorizzare i passaggi. Mi cedette poi il posto, e restò lì accanto per controllare che non facessi errori.

Quando tornai tra gli scaffali, Francesco venne con me.

Rimanemmo in silenzio per un po'. Con la coda dell'occhio, lo vedevo avvicinarsi e poi allontanarsi, come se non riuscisse a trovare un modo per rompere il ghiaccio. Lo feci io.

«Devo dire che avete dei libri fuori dall'ordinario in questo posto.»

«Sì, qui troverai tutto ciò che ti serve sapere sul mondo soprannaturale. Gli Alpha e i saggi precedenti ci hanno lasciato le loro testimonianze, cosicché le nuove generazioni possano apprendere la verità su fatti che molto spesso la memoria può distorcere.»

«E tu, li hai letti tutti questi libri?»

Mi morsi la lingua. Forse era stata una domanda stupida. Francesco però sembrò non notare la mia goffaggine.

«No, non tutti.»

Continuammo a parlare dei libri e della biblioteca e, più andavamo avanti, più mi accorgevo di sentirmi meno nervosa.

Finita la giornata lavorativa, tornai in camera, mi feci una doccia e cercai qualcosa da mettermi per la serata tra ragazze.

Carolina indossò un paio di jeans e una maglietta verde, mi disse che era il suo colore preferito.

«Luna, tu non ti trucchi?» chiese Vittoria, facendo capolino dal bagno con in mano una palette di ombretti.

«No, non mi piace il trucco.»

«Neanche un po' di mascara per far risaltare i tuoi bellissimi occhi grandi?»

Si avvicinò impugnando il mascara, quasi fosse un'arma.

«No, sto bene così!»

Si arrese con un sospiro. «Io senza trucco, invece, non riesco a stare.»

Continuai a rovistare tra le mie cose e alla fine decisi di indossare una salopette verde militare, una maglietta bianca a maniche corte e dei sandali neri poco alti. Vittoria si mise dei pantaloni rossi e una camicetta bianca senza maniche.

Andammo a mangiare in un ristorante vicino all'Istituto.

«Vediamo, oggi voglio scegliere una pizza diversa dal solito», annunciò Vittoria, scrutando il menù.

«Dice sempre così, ma alla fine sceglie sempre la stessa», sussurrò Carolina.

Il cameriere si avvicinò per prendere le ordinazioni e, in effetti, Vittoria finì per scegliere sempre la solita capricciosa. Oltre alla margherita, ordinai una birra scura.

Le ragazze mi guardarono meravigliate. Vittoria mi fece l'occhiolino.

«Luna, pensavamo fossi astemia. Invece, sotto sotto, ti piacciono le cose forti.»

«Cos'altro ti piace?» domandò Carolina con un sorriso. «Qual è il tuo film preferito?»

«*Figli di un Dio Minore*. L'ho visto per la prima volta a scuola e me ne sono innamorata. E anche *Ritorno al Futuro*!»

Le pizze arrivarono e, tra un morso e l'altro, dai film passammo ai gusti musicali. A un tratto Vittoria aggrottò le sopracciglia.

«Luna, senti freddo?»

«No, perché?»

Vittoria mi fece notare che avevo la pelle d'oca. Era vero, ma non ne capivo la ragione.

Mentre mi strofinavo il braccio, mi ricordai delle parole che una volta mi aveva detto la nonna: *«Ti succede per due motivi: o c'è lo spirito di una persona defunta che vuole comunicare con te, oppure il tuo istinto ti sta avvertendo di un pericolo».*

Cercai di far finta di nulla e la serata continuò a scorrere allegra. Quella sensazione però, quei brividi sulla pelle, non svanirono fino a quando non rientrammo nella nostra stanza.

CAPITOLO 9

Dalla morte della nonna erano passate due settimane.

Durante quei giorni, avevo incontrato l'Alpha solo un paio di volte, e quando provavo a parlargli del misterioso segno che avevo ricordato, lui mi chiedeva sempre di avere pazienza, oppure diceva di non potersi fermarsi: c'erano questioni che richiedevano la sua presenza fuori dall'Istituto.

Così, quella settimana mi sembrò infinita. Andai come sempre a lezione, cercai di rimanere concentrata: avrei avuto un test a breve e non potevo né volevo fallire.

Anche quel giorno, come al solito, raggiunsi Marco nel bosco; non mi ero arresa all'idea di sbarazzarmi della mia parte di licantropo, ma d'altronde, per restare all'Istituto e seguire da vicino le indagini sulla morte della nonna, dovevo far credere al mio mentore di essermi convinta ad accettare il lupo dentro di me.

Finita la lezione, tornammo all'Istituto e ci salutammo. Marco si diresse verso l'ufficio dell'Alpha; facendo in modo che non se ne accorgesse, lo seguii. Dentro di me si era accesa la speranza di scorgere Antonio per parlargli, ma svanì quando Marco tirò fuori dalla tasca una chiave e aprì la porta. Ritornai sui miei passi. Dopo essermi cambiata in camera andai in biblioteca.

Mentre riordinavo i libri la mia testa vagava. Non mi capacitavo dell'atteggiamento dell'Alpha, prima così comprensivo e premuroso, ora all'improvviso sfuggente e distaccato.

Il mio corpo fremeva, non riuscivo più ad aspettare. Mi sentivo bloccata, incapace di muovermi.

«Luna, puoi venire un attimo?»

Francesco mi faceva cenno di avvicinarmi.

«Sì, dimmi.»

Lo vidi chiudere la porta della biblioteca; alzai lo sguardo verso l'orologio e mi resi conto solo in quel momento di quanto fosse tardi. E io avevo fatto la metà del compito che mi aveva assegnato.

«Stai bene? È successo qualcosa?»

«Sto bene, perché?»

«Sei stata distratta, non ti sei nemmeno accorta che ho rimesso a posto i libri che tu hai posizionato nello scaffale sbagliato.»

Prese un profondo respiro, mi passò un bicchiere d'acqua. «So che non abbiamo molta confidenza, ma se c'è qualcosa che ti preoccupa puoi parlarne con me.»

Mentre bevevo lo guardai. I suoi occhi riflettevano la sincerità delle sue parole.

«Scusami, ma oggi... sono passate due settimane dalla morte di mia nonna.»

Non volevo vedesse il mio turbamento, quindi feci per voltarmi.

Francesco però mi appoggiò la mano sul braccio in una lieve carezza.

«Mi dispiace molto.»

Anche se avevo sentito un miliardo di volte ripetermi quella frase il giorno del funerale, al suono della sua voce mi si formò un nodo in gola e le lacrime scesero silenziose sulle guance. Lasciai che mi attirasse a sé, appoggiai la testa sul suo petto. Il battito regolare e il calore del suo abbraccio sembrarono calmare la mia tristezza.

Quando mi resi conto dell'intimità che si era creata, mi allontanai in preda all'imbarazzo.

«Scusami…»

«Adesso vado.»

Tornata in camera mia, mi sdraiai sul letto. Sentivo ancora il suo profumo su di me; non capivo bene se il calore che avvertivo crescere sul viso fosse per via delle lacrime o per la vicinanza che c'era stata tra i nostri corpi.

Mandai un messaggio della buonanotte a mia madre e, mentre riordinavo la scrivania, da sotto la borsa scivolò il foglio su cui avevo disegnato il simbolo visto quel giorno terribile.

Mi resi conto di trovarmi a un bivio: rimanere ferma e aspettare che l'Alpha mi dedicasse la sua attenzione, oppure iniziare a fare delle ricerche per conto mio?

Mi misi a gambe incrociate sul letto e, fissando il disegno, mi morsi un labbro. Avevo bisogno di risposte, altrimenti, lo sapevo, non avrei avuto pace.

Decisi di agire: se l'Alpha non voleva parlare con me, sarei entrata nel suo ufficio e avrei trovato ciò che aveva scoperto da sola.

Per farlo però avevo bisogno di aiuto: decisi di fidarmi di Vittoria e Carolina, chiesi loro di distrarre Marco il più a lungo possibile durante la pausa pranzo.

Mi sarebbe andata bene qualsiasi cosa, persino una rissa. Doveva durare abbastanza da consentirmi di andare nell'ufficio dell'Alpha e rimanerci almeno dieci minuti. Loro non furono d'accordo, ma accettarono lo stesso con la promessa che dopo le avrei messe al corrente di tutto.

Così, verso l'ora di pranzo, quando la maggior parte delle persone si trovava in mensa, andai verso gli uffici dei docenti. Cercai la chiave sulla scrivania di Marco, poi aprii i cassetti e la trovai, nascosta sotto a un blocco di appunti. La riconobbi perché aveva un nodo a cappio fatto con il filo rosso. Mi diressi all'ufficio dell'Alpha, diedi un'ultima occhiata in giro per essere sicura di essere sola, e poi entrai.

L'unica finestra che si trovava all'interno illuminava la stanza abbastanza da poter vedere senza bisogno di una luce artificiale. Dietro la scrivania, una libreria in legno copriva tutta la parete. Tra i libri e una pila di riviste disposte in orizzontale, alcune foto ritraevano l'Alpha assieme a uomini e donne in vesti eleganti.

Scostai la sedia, nera così come la scrivania, e aprii i cassetti. C'erano solo oggetti vari di cancelleria, rovistai tra i documenti appoggiati sul piano di legno scuro, attenta a non spostarli. Mentre li sollevavo delicatamente, il mouse si mosse.

Mi bloccai. In effetti, il pc poteva essere una grande fonte di informazioni. Per accedere però, occorreva inserire una password.

Mi guardai intorno alla ricerca di un indizio sulla parola da inserire. Sotto la tastiera trovai un promemoria con una serie di numeri; feci per digitarli quando un rumore dall'esterno mi distrasse. Presa dal panico, mi allontanai dal pc e decisi che era il momento di uscire.

Cercando di non insospettire nessuno, salii le scale lentamente, reggendomi alla ringhiera. Arrivai in camera con il cuore che ancora batteva all'impazzata. Avevo fallito. Scaricai l'adrenalina con un colpo contro la porta, ma non fu abbastanza. Carolina e Vittoria non erano ancora rientrate, ma io ero troppo agitata per aspettarle. Dovevo schiarirmi le idee, e per farlo avevo bisogno di aria. Così, iniziai a camminare senza meta tra le piccole strade fatte di sampietrini.

Le case intorno a me erano di pietra bianca; qua e là, dei balconi in ferro ospitavano gerani rossastri, margherite pallide e primule viola.

Alzai gli occhi al cielo, le nuvole erano ormai dipinte di arancione dietro la cupola di San Pietro, e rimasi ad ammirare il cambio di guardia tra il sole e la luna.

All'improvviso, mi irrigidii in tutto il corpo. Fu un cambiamento inaspettato quanto repentino. Qualcuno mi stava osservando. Come quella volta al ristorante, mi resi conto di avere la pelle d'oca.

Cominciai a camminare, sperando che i miei sensi si stessero sbagliato. Poi però, notai un gruppo di uomini dietro di me. Stavo sudando, i passi iniziarono a prendere un ritmo veloce, il cuore diventò un tamburo nelle orecchie.

Provai a seminarli, ma senza risultato. Sfinita dalla corsa, mi voltai per affrontarli, pregando di riuscire a mantenere il controllo. Quando si avvicinarono però, i volti celati dietro i cappucci delle felpe, la cosa che temevo di più si avverò.

Mi trasformai.

CAPITOLO 10

Cercai di controllare il lupo, iniziai a scappare evitando posti dove avrei potuto incontrare gente. I vicoletti che prima sembravano meravigliosi adesso erano diventati un infinito labirinto. Mi arrampicai tra i balconi pieni di fiori devastandone gli steli, spargendone i petali. Qualche vaso si ruppe al mio passaggio.

Ero veloce, ma mi raggiunsero comunque. Non riuscivo a distinguere le loro parole. Se mi fossi concentrata su di loro avrei potuto ascoltare, ma la paura aveva preso il sopravvento. Quando si trovarono davanti a me, si posizionarono in semicerchio. Avevano il volto coperto da una mascherina nera. Non avevano paura: il loro odore trasudava soltanto odio. Si avvicinarono. Gli ringhiai contro, cercai di frenare il mio istinto di attaccare. Anche se le loro intenzioni non erano buone, non volevo uccidere nessuno. Ma più provavo a fermare il lupo, più iniziavo a perdere le forze. Non ero mai stata così a lungo trasformata in licantropo. Non avrei resistito ancora per molto.

Quando sentii che stavo per tornare umana, feci un ultimo sforzo per arrivare alla via che vedevo in fondo. Gli uomini continuarono ad avanzare, e mi ritrovai spalle al muro. Il mio respiro si fece pesante, la vista iniziò ad annebbiarsi.

«Sei nostra, mostro!»

A quelle parole, non resistetti. Mi lanciai contro di loro, ma mi resi subito conto di non avere la forza che pensavo. Quando feci un passo in avanti, caddi sulle ginocchia, avvertii il mio corpo rimpicciolirsi. Alzai lo sguardo per supplicare quegli uomini, ma vidi soltanto un'ombra. Tra me e loro si frapponeva una figura che non riuscivo a mettere a fuoco.

Prima di svenire, mi resi solo conto di essere tornata umana.

Quando aprii gli occhi mi trovai in una stanza sconosciuta. Sollevai le coperte e mi resi conto che indossavo una felpa che non era mia.

Davanti a me c'era una scrivania bianca con sopra delle mensole piene di varie cornici e premi. Alla mia destra, accanto a un armadio a due ante grigio chiaro, una portafinestra dava su un balcone.

Girai la testa verso sinistra. Trasalii: c'era un uomo addormentato sulla poltrona vicino al letto. Riconobbi Francesco.

I suoi piedi erano distesi fino a sotto il telaio del letto, le mani erano legate come una corda intorno alla sua vita, la testa appoggiata a un angolo della poltrona. Lo osservai per un po'. Mentre dormiva il suo viso sembrava quello di un bambino, le labbra erano rosa e perfette. I miei occhi scesero verso il suo collo, dove c'era quel neo a forma di trifoglio. Sentii le guance andare a fuoco.

Doveva essere stato lui a portarmi in salvo. Tremai al ricordo delle figure che mi avevano inseguita. Cosa volevano? E Francesco, come aveva fatto a trovarmi?

Forse mi considerava una stupida. Stupida e vigliacca per non aver lottato, per non aver usato la forza del mio lupo.

Avevo bisogno di tornare all'Istituto, subito. Mi alzai dal letto facendo il minor rumore possibile.

Presi le scarpe e, con passo felpato, mi allontanai. Delle dita si strinsero però attorno al mio polso e fui costretta a voltarmi. Francesco era ancora seduto, gli occhi pieni di sonno.

Entrai nel panico. Non sapevo cosa dire e come comportarmi.

«Stai bene?» chiese, cercando di soffocare uno sbadiglio. «Mi hai fatto preoccupare, non riuscivo a…»

Prima che potesse continuare, come una codarda, afferrai le scarpe e scappai via dalla stanza.

CAPITOLO 11

Il giorno dopo, a pranzo, la mensa della scuola era gremita di ragazzi che cercavano di farsi spazio per accaparrarsi i posti migliori.

Carolina era seduta di fronte, mentre Vittoria mi stava accanto.

La confusione e il vociare tutto attorno mi fecero venire mal di testa. Chiusi gli occhi, mi strofinai le tempie.

La sera precedente, quando tornai di soppiatto all'Istituto, cercando di non essere scoperta per essere rientrata dopo il coprifuoco, rimasi sveglia nel letto per non so quanto tempo.

Perché quegli uomini mi avevano seguita? Forse erano dei maniaci. Eppure, quando mi ero trasformata, non avevano avuto paura. Che sapessero già del lupo? Poi, all'improvviso, il viso addormentato di Francesco si presentò davanti ai miei occhi come in un sogno.

«Luna, ci sei?»

Sobbalzai. Fissai Carolina sbattendo le palpebre.

«Scusa, mi ero distratta. Dicevate?»

«Dove sei stata ieri sera?» chiese Vittoria.

«Sono andata a fare due passi, perché?»

«Fino a tarda notte?» continuò a stuzzicarmi. «Con chi eri? A noi lo puoi dire, come si chiama?» Mi diede una gomitata.

Cercai di evitare di rispondere mettendo un pezzo di polpetta in bocca. Carolina si pulì gli occhiali che si erano appannati per il vapore emanato dal piatto; fece una smorfia. Capii che Vittoria non si sarebbe arresa: ancora mi fissava mentre continuava a mangiare.

Mi guardai intorno per accertarmi che nessuno ci sentisse. In un soffio, raccontai degli uomini della sera prima. I volti delle ragazze si riempirono di sgomento.

«Tu stai bene?» fece Vittoria. «Conoscevi qualcuno di loro?».

«Ragazze, credo convenga continuare questa conversazione in un luogo più privato», sussurrò Carolina. Aveva ragione. Ci alzammo subito e, arrivate in camera, ci mettemmo sedute sul mio letto.

«So che può risultare strano, persino paranoico, ma credo... credo che quello che è successo ieri sia legato alla morte di mia nonna.»

«Cosa te lo fa pensare?».

«Non so, è una sensazione, non so come spiegarlo. E quelle persone sembravano sapere che io fossi un licantropo.»

«Al di fuori dell'Istituto, quanti sanno della tua trasformazione?» chiese Carolina.

«Solo la mia famiglia.»

Rimanemmo per un po' in silenzio, e poi le ragazze mi consigliarono di parlare con l'Alpha. Solo al sentirlo nominare, sbuffai.

«Credo che mi stia evitando. Penso che non voglia ancora farmi sapere quello che ha scoperto sulla morte di mia nonna.»

Carolina spalancò gli occhi. «Perché dovrebbe evitarti?»

Alzai le spalle. Poi mi schiarii la voce.

«Devo confessarvi una cosa.»

«Cos'hai combinato?» domandò subito Vittoria, incrociando le braccia.

«Vi ricordate di quella volta in cui vi ho chiesto aiuto? Era perché... Ecco, sono entrata di nascosto nell'ufficio di Antonio.»

I visi delle ragazze erano due maschere di stupore. Rimasi in silenzio e le guardai, finché Vittoria mi fece un cenno per continuare a parlare.

«Non volevo mettervi in pericolo, per questo non vi ho detto niente...»

Raccontai di tutti tentativi vani di incontrare Antonio, della decisione di scoprire da sola ciò che sembrava non volermi dire. Parlai del giorno in cui mi ero introdotta in ufficio, del rumore improvviso che aveva interrotto la mia ricerca.

Mi scusai per averle usate, ma loro sembrarono capire ciò che stavo passando. Entrambe, una dopo l'altra, mi poggiarono una mano sulla spalla. Presi coraggio.

«Carolina, posso chiederti un secondo favore?» domandai, giungendo le mani.

«Cioè?» sospirò lei, aggiustandosi gli occhiali con un dito.

«Pensi di poter entrare nel computer dell'Alpha?».

Ebbi appena il tempo di finire la frase che me le ritrovai entrambe addosso per tapparmi la bocca.

«Sei pazza?» rispose Carolina a denti stretti.

«Se ci scoprono ci cacciano in un nano secondo e poi ci uccidono», sussurrò Vittoria.

Quando mi liberarono dalla presa mi schiarii la gola.

«Grazie lo stesso, troverò un altro modo.»

Carolina mi sfiorò un braccio. «Aspetta, aspetta. Non ho detto di no.»

«Neanche di sì.»

«Se è vero che l'Alpha ti nasconde qualcosa, allora ti aiuteremo a trovare la verità.»

Si alzò, andò a prendere il computer e lo piazzò sulla scrivania.

«Ho bisogno di alcune ore. Forse una giornata. Riesci ad aspettare?»

In tutta risposta, abbracciai prima lei e poi Vittoria.

«Grazie per avermi creduta.»

CAPITOLO 12

Incapace di rimanere ferma in camera, andai a studiare in biblioteca per ingannare l'attesa. Volevo approfondire alcuni argomenti che la professoressa aveva spiegato nelle sue lezioni.

Durante le ricerche tra gli scaffali, incontrai il mio mentore, che mi salutò con un sorriso. Poi occhieggiò la pila di libri che portavo tra le braccia.

«Quando si dice il peso della cultura, eh? Vieni, ti do una mano.» Arrivati alla mia scrivania, si mise seduto di fronte a me.

«Come stai?».

«Bene. Perché?».

Marco si sdraiò sullo schienale della sedia. Incrociò le braccia e si sistemò gli occhiali tondi; mi guardò attentamente, come se stesse provando a capire il mio stato d'animo, poi si allungò verso di me e mise la sua mano sulla mia.

«Luna, so che ti ho dato un esercizio difficile, ma non devi preoccuparti. Controllare il proprio lupo è un percorso che richiede il tempo necessario, come un bambino che inizia a camminare.»

Mi limitai ad annuire.

«Che c'è, il *lupo* ti ha mangiato la lingua?»

Affrontai il suo sguardo. Era divertito, quasi sfidante.

«Di solito non sei così simpatico.»

Scoppiò a ridere, poi, a poco a poco, tornò serio.

«So che è un momento molto duro per te. E immagino sia difficile restare concentrata. Sappi solo che», si schiarì la gola, «se ti serve qualcuno con cui parlare, sono qua.»

Sorrise esitante, e io cercai di nascondere lo stupore e di fare altrettanto. Marco si alzò di scatto.

«Bene, ti lascio studiare. Ci vediamo presto, Luna. E stai attenta.»

Mi fece l'occhiolino e poi si diresse verso l'uscita della biblioteca. Aprii un libro senza nemmeno rendermi conto di quale fosse. Marco era sempre stato professionale, in qualche modo rigido. Non l'avevo mai visto così affabile, così informale. *«E stai attenta.»* Le sue parole risuonarono nella mia mente come un campanello di allarme. Si era accorto che l'avevo raggirato per entrare nell'ufficio dell'Alpha? Aveva voluto avvisarmi?

Ero così assorta a fissare le pagine del libro, che sobbalzai quando la sedia di fronte a me si mosse. Per un attimo pensai che fosse di nuovo Marco. Poi, il mio sguardo incrociò quello di Francesco.

«Dev'essere un capitolo interessante.»

Abbozzai un saluto e abbassai il viso.

Non avevo il coraggio di parlargli di ciò che era successo il giorno prima. Feci finta di leggere, imponendo al mio corpo di non tradire la mia agitazione.

Lui si alzò, e per un attimo credetti di averlo offeso. Tornò però un minuto dopo. Mi porse un bicchiere di cioccolata calda della macchinetta. Colpita dal gesto, non potei evitare di alzare la testa e ringraziarlo.

«Come stai? Sei ferita?»

Mentre mi passava il bicchiere, le nostre mani si sfiorarono. Il suo tocco indugiò sulle mie dita.

«Sto bene, grazie», mormorai accennando un sorriso.

«Ti va di parlarne?»

«Di cosa?»

«Di quella sera.»

Bevvi un sorso di cioccolata calda.

«No.»

«Non ti fidi di me perché sono umano?»

Quella sua supposizione mi spiazzò.

«In verità non mi fido di me», confessai. «E mi vergogno che tu mi abbia vista... in quello stato.»

«Intendi, in forma di lupo?»

Mio malgrado annuii. Francesco continuò a fissarmi.

«Perché ti stavano seguendo?»

Alzai le spalle. «Non lo so. Non so nemmeno chi fossero.»

«Dovresti evitare di andare in giro da sola, almeno fino a che...»

Sbuffai. «Sono in grado di badare a me stessa!»

«Certo. Volevo solo dire che...»

Il mio cellulare vibrò, e lo tirai fuori dalla tasca all'istante, sperando fosse un messaggio di Carolina.

«Scusami», fece Francesco. «Non volevo essere invadente.»

Scossi la testa. Ero stata brusca, e lui non lo meritava.

«No, davvero, è che...»

Ma Francesco si era già alzato.

«Devo tornare al lavoro, ci vediamo presto.»

Dei numerosi libri che avevo tirato giù dagli scaffali, portai con me solo due titoli. Il messaggio era stato di mia madre: mi chiedeva di raggiungerla a casa della nonna, per aiutarla a mettere via le sue cose.

Tornai in camera e preparai una borsa. Carolina era ancora al lavoro di fronte al computer. Mi lanciò uno sguardo rassicurante.

«Ci siamo quasi.»

Una volta giunta a destinazione, rimasi sul ciglio della porta d'ingresso per qualche minuto. Entrai.

Il silenzio era disarmante, interrotto soltanto dal trafficare di mia madre con gli scatoloni. Ogni volta che andavo dalla nonna, quella casa sprigionava allegria, e adesso mi pareva cupa e buia. Camminai per le stanze. Non c'era più nessun segno di sangue o di oggetti rotti, era stato buttato via tutto, persino la porta era stata riparata.

Mia madre non parlò molto. Capii che tentava di trattenere il pianto. Giunta nella camera da letto della nonna, sistemai uno scatolone ai piedi dell'armadio.

Accarezzai i suoi vestiti, li presi uno alla volta, li piegai e, prima di metterli dentro, li annusai. L'odore della mia adorata nonna era ancora lì; gli occhi mi diventarono lucidi e, per non ricadere nella tristezza, ingoiai le lacrime.

Quando fu ora di andare, dissi a mia madre che avrei dormito all'Istituto. In realtà restai lì. Non riuscivo a staccarmi dalla casa, dall'unico luogo in cui sentivo la nonna ancora presente, viva.

Mi preparai la cena e mi misi nel letto, nel lato dove dormiva lei. Stavo ormai per chiudere gli occhi, quando il cellulare vibrò. Era un'e-mail di Carolina. Scattai in piedi e afferrai la mia borsa. Accesi il computer.

In allegato all'e-mail senza testo né oggetto, trovai una cartella. Alcuni file erano i rapporti della scientifica. Cercai di scorrerli, ma dovetti saltare la descrizione delle ferite, le foto del corpo mutilato.

Mi rimase un ultimo file, che aprii con le mani tremanti. Conteneva soltanto una foto.

Non credevo ai miei occhi. La osservai per un tempo che mi parse infinito, eppure raffigurava soltanto un segno. Lo stesso simbolo che avevo visto vicino al corpo di mia nonna.

Portai le mani al viso, incredula. Perché l'Alpha non mi aveva detto niente di quel segno? Doveva avere una certa importanza per meritare una cartella a parte. Perché non mi aveva ancora interrogato e chiesto se lo avessi visto?

Perché teneva tutto nel suo computer, perché stava mentendo su ciò che aveva scoperto?

Furiosa, spensi il pc e mi rituffai tra le coperte, promettendo a me stessa che avrei fatto di tutto per scoprire la verità.

CAPITOLO 13

I giorni passarono veloci, tra le lezioni da seguire, la preparazione per il test e il lavoro. Nonostante tutto, non riuscii a smettere di pensare al simbolo e alle foto scovate nel computer dell'Alpha.

La notte mi rigirai così tante volte nel letto che finii per svegliare le ragazze.

«Luna, ma non hai sonno?» chiese Vittoria mentre sbadigliava.

Carolina indossò gli occhiali e controllò l'orario sul telefono.

«Non riesco a dormire», confessai.

Mi confidai con loro su ciò che avevo scoperto tra i file dell'Alpha. Iniziavo a pensare di star giocando a un gioco ben più pericoloso di ciò che immaginassi, ma non potevo lasciar perdere. Sia Vittoria che Carolina ascoltarono sempre più sgomente. Se c'era un posto in cui trovare qualche risposta, mi suggerirono, quello poteva essere la biblioteca.

Così, un pomeriggio della settimana successiva, dopo la solita lezione con Marco, mi recai al lavoro e, approfittando della poca affluenza, andai al computer e cercai delle associazioni con il simbolo.

Memorizzai alcuni titoli che parlavano del simbolismo. Primo corridoio, scaffale sinistro, quarta fila in basso; ultimo corridoio, scaffale destro, fila centrale. Li avevo trovati. Il mio dito iniziò a scorrere tra i tomi accomunati dalla voce *Alchimia*.

Presi il primo e iniziai a sfogliare le pagine; c'erano una quantità infiniti di simboli alchemici che non conoscevo. Chiunque poteva interrompermi da un momento all'altro, quindi decisi di consultare alla svelta i libri e portare con me quelli che mi sembravano più promettenti.

Quanto tornai in camera, trovai Carolina a studiare sdraiata sul suo letto.

«Sei riuscita a trovare qualche indizio?» mi chiese.

«Ancora niente, anche se ci sono molti libri che portano informazioni su questo simbolo.»

«Se vuoi, possiamo darti una mano con le ricerche.»

Per tutta la settimana le ragazze mi aiutarono prendendo in prestito i libri e, durante i miei giorni di lavoro, si fermavano a consultarli.

Inevitabilmente, la loro presenza costante in biblioteca attirò l'attenzione di Francesco.

«Non vi ho mai visto qui così spesso», commentò un giorno, prendendoci alla sprovvista. «Si può sapere su cos'è che siete così concentrate?»

«Sei sicuro di volerlo sapere?» fece Carolina, le dita sulla tastiera del suo pc.

Francesco annuì.

Carolina girò lo schermo e gli mostrò la foto di un attore a petto nudo.

«Almeno Luna ha qualcosa di interessante da vedere durante il lavoro.»

«Ah, però!» esclamò Vittoria.

Ebbi la tentazione di coprirmi il viso con le mani, ma resistetti all'imbarazzo.

«Non mi sembra molto attraente», ribatté Francesco dopo qualche secondo. «E comunque, non potete venire a disturbare Luna mentre lavora.»

Mi lanciò uno sguardo eloquente, ma io rimasi incollata alla sedia. In effetti, la foto mostrata da Carolina non era niente male.

«Luna?»

«Sì?»

«Luna?»

«Sì, capo. Vado, capo!»

Era quasi ora di chiusura, quindi portai alcuni tomi in camera. Fino a quel momento, tutti i libri che avevamo sfogliato erano stati pressoché inutili.

Le ricerche ci avevano sfinito; dovevamo sciogliere un enigma con un unico indizio: un cerchio con un puntino al centro.

D'improvviso, mi ricordai dei libri scritti dai predecessori dell'Alpha; me ne aveva parlato Francesco, il primo giorno di lavoro.

Andai al computer e iniziai a cercare. Mi segnai alcuni titoli su un foglio, che passai anche alle ragazze. Riuscii a trovare online alcune delle pubblicazioni degli Alpha. Erano approfondimenti di storia, e le parole della professoressa Dionisi mi vennero subito in mente: *«Non bisogna mai abbassare la guardia perché la storia passata si potrebbe ripetere e noi dobbiamo essere pronti al cambiamento»*.

Vittoria lanciò un'esclamazione.

«Che c'è?»

«Guardate qui.»

Eccolo, non c'erano dubbi: era il simbolo. Accanto all'immagine, una didascalia associava la sua origine alla religione cristiana. Scoprimmo che era stato usato nel Medioevo da un gruppo di cristiani estremisti che si facevano chiamare i Cacciatori.

L'euforia per aver finalmente risolto il mistero si spense quando, alla fine della pagina, l'autore specificava che non si avevano prove sull'esistenza di questi Cacciatori, soltanto storie, leggende, qualche scritto privato di alcuni abitanti dell'epoca che però non era mai stato verificato.

«Ma che cazzo!» imprecò Vittoria.

Io scossi la testa. «E se invece non fosse una leggenda? Anche noi per gli umani siamo esseri leggendari, eppure siamo più che reali.»

Carolina mi scrutò. «Vuoi dire... Credi siano stati questi Cacciatori a...»

Scrollai le spalle. «Non lo so, ma questo simbolo... è come una firma.»

Il silenzio ci avvolse. Ciò che avevo scoperto non poteva rimanere segreto, che fosse una leggenda oppure no. L'intera comunità poteva essere in pericolo, e l'Alpha avrebbe dovuto esserne messo al corrente.

Vittoria allungò una mano per chiudere di scatto il computer.

«È il momento di fare una pausa, ragazze, altrimenti non ne usciremo vive.»

Annuii con un sospiro. «Pizza?»

«Pizza!»

Nel giro di qualche minuto, eravamo sedute al solito posto. Ci scambiammo poche parole, ognuna immersa nei propri pensieri. Sulla strada di ritorno, con le mani affondate nelle tasche, ricordai la prima volta che avevo visto il simbolo. Non ci avevo fatto molto caso, sconvolta com'ero dall'aggressione, dal corpo esanime della nonna. Ma era il suo sangue. L'avevano tracciato con il suo sangue. Rabbrividii visibilmente.

«Luna, tutto ok?»

Mi fermai. No, non era tutto ok.

«Ci stanno seguendo.»

Vittoria e Carolina sussultarono.

«Fate finta di niente», sussurrai. «Ricominciamo a camminare.»

La sensazione di qualcuno dietro di me aumentò a ogni passo. Sbirciai alle mie spalle, ma non riuscii a distinguere bene ogni ombra che ci tallonava. Come se mi avesse letto nel pensiero, Vittoria sibilò: «Quattro».

Annuii. Deviammo per allontanarci dall'Istituto. Se davvero erano i Cacciatori, se davvero ci odiavano per il solo fatto di essere licantropi, dovevamo portarli il più lontano possibile da lì. A ogni stradina isolata però, a ogni nuovo angolo, la paura aumentava. Non volevo trasformarmi, ma stentavo a mantenere il controllo.

E poi, come fantasmi, altre due figure ci vennero incontro. Ci avevano accerchiate. Carolina imprecò. Rimanemmo immobili, mentre alle nostre spalle qualcuno rideva.

«Cosa volete?» gridò Vittoria. «Lasciateci in pace!»

«Oppure?» biascicò uno dei due che erano sopraggiunti a braccarci.

Iniziai a tremare. E questa volta non riuscii a trattenere un ringhio profondo. Allarmati, alcuni di loro tirarono fuori delle catene che fecero schioccare. Indietreggiai. Anche Carolina e

Vittoria avevano iniziato a tremare. Non era paura, lo capii. Era furia.

Una catena, all'improvviso, scattò nel mio campo visivo. D'istinto la respinsi violentemente con il braccio, solo che non era un braccio umano, non più.

La trasformazione fu repentina e, assieme al mio, squarciò i corpi delle ragazze. Con un ringhio, Vittoria diventò un lupo dal pelo folto e nero, quasi indistinguibile dalla notte che era scesa. Le spalle di Carolina presero volume, le sue pupille divennero bianche, quasi vitree. Rimase umana, un'umana come non ne avevo mai viste.

A uno a uno, le figure incappucciate iniziarono a venirci contro. Cercai di padroneggiare ogni mia abilità mettendo in atto quello che Marco mi aveva insegnato. Prima di tutto, mi impegnai a controllare il lupo e la sua forza. Non volevo uccidere né ferire, nonostante tutto.

Schivai le catene con movimenti rapidi e misurati. Attorno a me, anche le ragazze continuarono a difendersi senza mai attaccare.

Gli uomini però non sembravano voler demordere. Sentii un guaito. Vittoria era stata colpita. I miei occhi si riempirono del sangue che sgorgava dalla ferita che aveva su un fianco. Carolina fece per andare in suo soccorso, ma una catena d'argento la colpii in pieno petto. Ringhiai e mi lanciai su di loro. Sentii una morsa bollente incatenarmi il polso e caddi a terra, ululando. Mi dimenai, tirando giù l'aggressore con me, ma altre catene mi bloccarono sull'asfalto. Non mi arresi, ma non riuscii a rialzarmi. Facevo fatica a respirare, il mio corpo bruciava e si restringeva. Stavo tornando umana.

Poi, così com'era arrivato, il bruciore sparì. Attorno a me solo il silenzio, e poi un viso sfocato che si chinava sul mio.

«Luna? Luna, respira.»

CAPITOLO 14

Quando aprii gli occhi e mi guardai intorno, riconobbi subito casa di Francesco.

Anche questa volta indossavo la sua felpa grigia.

Sembrava essere diventata un'abitudine risvegliarmi in quel posto e indossare qualcosa di suo.

Mi voltai verso la poltrona; lui non c'era e, sperando di sgattaiolare come l'ultima volta, mi alzai, presi le mie scarpe e in punta di piedi mi diressi verso la porta.

Sulla soglia però, un forte odore di caffè appena fatto mi invase le narici. Il viso di Francesco si affacciò da quella che doveva essere la cucina.

«Buongiorno! Prima di fuggire, che ne dici di fare colazione?»

Ecco, colta in flagrante. Mi costrinsi ad andare verso di lui. Francesco mi invitò a sedermi battendo con la mano sul tavolo apparecchiato. Restai in piedi.

«Dove sono Vittoria e Carolina?»

«All'Istituto. Tranquilla, stanno bene.»

«Erano ferite...»

«Niente di grave, per fortuna. Sono riuscite a tornare con le loro gambe. Non come te.»

Sorrise, e io mi sentii arrossire.

«Sono andate in infermeria? Hai notizie? È meglio che...»

Francesco mi inchiodò con uno sguardo perentorio.

«Fidati di me, stanno bene. Tu sei ancora pallida invece. Devi mangiare qualcosa.»

Mi indicò la sedia, e questa volta mi arresi. Ero esausta, non potevo dargli torto.

«Cosa vuoi mangiare?»

«Mi basta del latte con un po' di caffè, grazie.»

Prese una tazza color crema dal ripiano e ci versò il latte freddo e il caffè. La mise nel microonde e, dopo un minuto trascorso in un imbarazzato silenzio, la tirò fuori.

«Zucchero?»

Annuii. «Due cucchiaini.»

«Ecco a te.»

«Grazie.»

Si mise seduto vicino a me con un bicchiere di succo di frutta all'arancia e un toast con fesa di tacchino. Si accorse che lo stavo osservando, così me ne offrì un pezzo.

«No, grazie, non riesco a mangiare appena sveglia.»

«Come mai questo fine settimana non sei tornata a casa?»

«In realtà, sarei voluta andare a casa di mia nonna, ma ho un test da preparare e l'atmosfera che si respira lì… diciamo che non mi avrebbe aiutato a concentrarmi.»

Francesco sorseggiò il succo, poi i suoi occhi cercarono i miei.

«Eravate molto legate?»

Giocherellai con il manico della tazza.

«Sì, anche se ho dei genitori molto presenti. Mia nonna era il mio rifugio, quando mi stancavo di fare l'adulta, da lei potevo lasciarmi coccolare e viziare.»

Francesco fece un sorriso triste.

«Ti capisco, anch'io ho sofferto molto quando è morto mio nonno. Mio padre era così impegnato con il lavoro che è stato lui il mio mentore. Mi ha insegnato tutto quello che mi serviva per affrontare la vita.»

Continuammo a parlare, e mi stupii di quanto tutto sembrasse così naturale. Lo spavento della sera prima, la paura, la violenza, sembravano lontane anni luce.

Per quanto fossi una persona introversa, la spontaneità di Francesco mi metteva a mio agio. Mi chiese di rimanere a pranzo, e io non potei fare a meno di accettare.

Andò a cambiarsi in camera e ne approfittai per sciacquarmi in bagno. Ero un disastro: i capelli arruffati, due mezzelune scure sotto gli occhi, le guance ceree. Il polso che la catena d'argento mi aveva intrappolato era ancora segnato da un'orribile bruciatura. Non faceva più male, almeno.

Quando uscii, mi accorsi che la porta della camera di Francesco era socchiusa; lo sguardo mi cadde sulle sue spalle larghe e nude, sui muscoli che si flessero mentre indossava la maglietta. Poi scesi più giù.

"No Luna, non si fa."

Scossi la testa e tornai in cucina. Per distrarmi dai pensieri impuri su Francesco, iniziai a lavare le tazze della colazione e le lasciai ad asciugare. Presi posto sul divano, e ingannai l'attesa guardandomi intorno. La casa non era grandissima.

Cucina e salotto erano riuniti in un unico ambiente spazioso. Davanti a me, avevo il televisore e la playstation su un tavolino bianco lucido; alla mia destra, una parete attrezzata con libri e videogiochi.

Mandai un messaggio nella chat di gruppo con le ragazze per sapere come stavano. Ero ancora preoccupata per le loro ferite, le avevo messe in pericolo e il senso di colpa non mi dava pace. Mi rassicurarono quasi subito: Vittoria aveva avuto bisogno di qualche punto e sarebbe rimasta sotto osservazione in infermeria per qualche ora; Carolina se l'era cavata con un livido enorme, ma innocuo. Mi scrissero di non preoccuparmi e di godermi la giornata.

Stavo per rispondere, quando Francesco uscì dalla sua stanza e si mise ai fornelli. Mentre lo osservavo armeggiare per il pranzo, riflettei su qualcosa che ancora non gli avevo chiesto. Lui parve accorgersi del mio sguardo insistente.

«Perché mi fissi così?»

«Così come?»

«Vuoi dirmi qualcosa, ma non lo fai.»

Mollò la pentola che aveva riempito d'acqua e si sedette accanto a me sul divano.

«Sai che con me puoi parlare.»

Potevo davvero? In fondo, non ci conoscevamo così bene. Lo guardai negli occhi per un lungo momento, poi sospirai.

«Cosa ci facevi nel luogo dell'attacco?»

«È la strada che faccio per tornare a casa.»

«Anche la volta scorsa?»

«Certo.»

«E perché mi hai portata qui?»

Lui abbozzò un sorriso. «Eri svenuta, Luna. Sono forte, ma non così tanto da trasportarti fino all'Istituto.»

Sospirai di nuovo. Ce l'eravamo vista brutta. Non osavo pensare a cosa sarebbe potuto accadere se Francesco non fosse passato di lì in quel momento.

«Gli aggressori... Sei riuscito a vedere i loro volti? Sei stato tu a mandarli via?»

Lui scosse la testa. «Quei codardi... Ho iniziato a chiedere aiuto, e loro sono scappati.»

Annuii e abbassai gli occhi sulle mie mani, intrecciate in grembo. Francesco si schiarì la gola.

«Devi parlarne con l'Alpha. Di questi attacchi, dico. È la seconda volta.»

«Non voglio disturbarlo.»

«Luna, non dovete sottovalutare il pericolo. Se non ci parlerete voi lo farò io.»

Mi alzai di scatto e aprii un cassetto in cerca delle posate per apparecchiare. Senza aggiungere altro, Francesco prese una padella, ci mise un filo di olio e iniziò ad affettare lo scalogno e i pomodorini. L'odore del soffritto si diffuse presto in tutta la stanza.

Non insistette, e io assecondai il suo silenzio con sollievo. Lo osservai mentre scolava gli spaghetti, poi, mentre li faceva saltare in padella per amalgamarli al condimento, gli passai i piatti. Ci gustammo il pranzo sempre senza parlare. Poi, dopo aver lavato e asciugato le stoviglie, Francesco si offrì di riaccompagnarmi all'Istituto.

Stavo per aprire il cancello, quando la sua voce mi bloccò.

«Aspetta», dalla tasca tirò fuori un bracciale di pelle e pietre nere.

«Che cos'è?»

Sorrise. «Un bracciale.»

«Lo so... volevo dire, perché me lo stai dando?»

Lui scrollò le spalle. «È il mio portafortuna. Vorrei che tu lo indossassi, cosicché nessuno possa notarla», indicò la bruciatura livida che mi marcava il polso.

Con dita esitanti, mi prese la mano e allacciò il bracciale. Poi, lentamente, si sporse per darmi un bacio sulla guancia. Il suo viso rimase a pochi centimetri dal mio, le nostre mani ora intrecciate. Potevo sentire il profumo inebriante del suo corpo, i battiti impazziti di entrambi i nostri cuori, il calore dei respiri che, come le nostre labbra, si stavano unendo.

«È probabile che le ragazze siano ancora in infermeria. Te la senti di stare da sola? Potresti rimanere con me stanotte.»

Per un attimo fui tentata di accettare l'invito, ma poi milioni di pensieri mi affollarono la mente. Avevo bisogno di fare chiarezza su quello che era appena accaduto, di accertarmi che Vittoria e Carolina stessero bene, di prepararmi per le lezioni della settimana successiva.

Così, scossi la testa e cercai di sorridere.

«Non preoccuparti. Non c'è posto più sicuro dell'Istituto, giusto?»

«Giusto.»

Mi sentii chiamare da lontano e mi voltai. Era Marco, anche lui sembrava essere appena rientrato. Feci per andargli incontro, ma la mano di Francesco mi trattenne. Lo guardai e vidi nei suoi occhi insidiarsi la gelosia. Sentii i passi del mio mentore avvicinarsi.

«Ehi, Luna, rientriamo insieme?» esordì aprendomi il cancello.

La mano di Francesco strinse ancora con più forza la mia. Lo scrutai. Il suo corpo si era irrigidito. Rivolse a Marco uno sguardo ostile.

Gli occhi del mio mentore si posarono sulle nostre mani intrecciate e la tensione tra i due mi attraversò come energia palpabile. I loro sguardi sembravano dire più di quello che io potessi percepire.

«Buonanotte, e grazie per oggi», mormorai a Francesco, prima che uno dei due potesse parlare.

Gli lasciai la mano e andai verso Marco. Attraverso il cancello chiuso, osservai la figura di Francesco allontanarsi per poi sparire. In silenzio, rientrammo alla villa. Eravamo ormai giunti alla scalinata che portava ai dormitori, quando Marco si schiarì la gola.

«So che non sono affari miei», disse, il piede sul primo grandino, «ma stai attenta. Ogni decisione o strada che prendiamo ha una conseguenza che dobbiamo essere disposti ad accettare.» Si sistemò gli occhiali rotondi.

Le sue parole mi spiazzarono.

«Cosa vuoi dire?»

Eravamo arrivati al piano. Lì le nostre strade si sarebbero divise.

Marco sospirò. «Sei proprio un lupo ottuso. Sai quali saranno le conseguenze se scoprono che hai una relazione con il tuo capo?»

Una relazione? Era questo che pensava? Cercai di non suonare troppo sollevata.

«Non è come pensi, mi ha solo fatto compagnia sulla strada di ritorno.»

«Solo? A me non sembrava. Il vostro odore era eloquente.»

Nonostante fossi entrata in quel mondo ormai da settimane, ogni tanto dimenticavo che non ero più un semplice essere umano. Che nemmeno le persone intorno a me lo erano.

«Davvero, non è come pensi», lo rassicurai.

Marco alzò le spalle. Non mi credeva, ma aveva deciso di darmela vinta.

«Stai attenta», concluse. «Solo questo.»

Quando rientrai in camera, trovai Carolina che dormiva profondamente. Non si era tolta nemmeno gli occhiali e, cercando di non svegliarla, glieli sfilai e li appoggiai sul comodino vicino al suo cellulare. Sempre con passo felpato, mi sdraiai sul letto e rilassai i muscoli ancora doloranti. Mi sentivo a pezzi e, con probabilità, avevo il corpo ricoperto di lividi. Tentai di raccogliere la forza necessaria per una doccia, ma alla fine non riuscii a fare altro che cambiare posizione alla ricerca di una che fosse più comoda.

Nel farlo, i miei occhi sostarono sul bracciale che mi aveva regalato Francesco.

La giornata passata con lui si era riempita di emozioni che non avevo mai provato prima. Mi era capitato di infatuarmi di qualcuno, ma mai in quel modo, e mai davvero ricambiata.

Con Francesco mi sembrava tutto diverso. Mi sentivo attratta da lui come mai mi era accaduto. Quando i nostri corpi si sfioravano, quando i suoi occhi catturavano i miei, mi sentivo tremare dentro. Lo desideravo più di ogni altra cosa; desideravo che ogni singolo momento con lui non finisse mai.

Forse quello che era successo oggi non era altro che una delle tante sfumature dell'amore?

La paura mi assalì. Mi sollevai dal letto ignorando il dolore e mi fiondai in bagno. Lì, dopo essermi inondata il viso di acqua fredda, osservai il mio riflesso allo specchio.

Poteva un licantropo innamorarsi e vivere come un semplice essere umano?

CAPITOLO 15

La domenica mattina, quando mi svegliai, rimasi per un po' nel letto con gli occhi spalancati, ancora incredula di quanto accaduto nei giorni precedenti. Mi sforzai di inviare un messaggio a mia madre, prima che si preoccupasse, poi salutai Carolina che era appena uscita dal bagno. Mi alzai dal letto e le andai incontro.

«Buongiorno, come stai?»

Lei sorrise. «Un po' dolorante, ma molto meglio.»

«Stavo pensando di andare in infermeria a trovare Vittoria. Vieni con me?»

Lei annuì e, nel giro di qualche minuto, ci trovammo giù per le scale.

Davanti alla porta dell'infermeria, una donna con i capelli corti e biondi, probabilmente la dottoressa, ci fermò.

«Prego, posso aiutarvi?»

«Siamo venute a trovare Vittoria Longo, possiamo entrare?»

«Fate piano, mi raccomando.»

La dottoressa ci condusse al letto della nostra amica. Vittoria era seduta con le braccia incrociate e la faccia imbronciata. Nel vederla, il senso di colpa mi attorcigliò di nuovo lo stomaco.

«Come stai?»

Con un sospiro, ci mostrò la ferita che stava iniziando a guarire. Era più profonda di quello che si pensava all'inizio, quindi ci avrebbe messo più tempo del previsto. Mi accorsi però che il suo viso imbronciato non aveva nulla a che fare con il dolore o la ferita in sé, bensì con la frustrazione di essere rimasta lì bloccata in quella stanza. Dopo un altro sospiro, i suoi occhi ammiccarono nella mia direzione.

«E allora, Luna, cosa ci racconti?»

«Cosa volete che vi dica…»

Lei sbuffò, poi abbozzò un sorriso ironico. «Tutto. Voglio sapere tutto. Sono qui da ieri e mi sto annoiando da morire, il minimo che puoi fare è distrarmi.»

Alzai le spalle. «Ho solo una bruciatura al polso, ma dell'aggressione non ricordo niente.»

«Niente, niente?».

«Ho chiesto a Francesco, volevo sapere come mai fosse lì, cosa fosse accaduto con quegli uomini. Mi ha detto che sono andati via non appena ha iniziato a chiedere aiuto.»

Carolina aggrottò la fronte, si aggiustò gli occhiali prima di parlare.

«Premetto che ero più di qua che di là, ma io ricordo che Francesco li ha affrontati. Non ha gridato aiuto. Si è lanciato su di loro. E loro se ne sono andati.»

D'istinto, la mia mano si chiuse sul bracciale che mi aveva regalato.

«Sei sicura?» sussurrai.

«Beh, proprio sicura no… ero stordita dal dolore ed ero alle sue spalle. Però, insomma… Credo che, se avesse chiesto aiuto, avrei almeno sentito le urla.»

«Luna, secondo te erano gli stessi uomini che hanno aggredito te la volta scorsa?»

Non potevo esserne certa, ovviamente, ma annuii.

Carolina si schiarì la gola. «Sappiamo che l'Alpha ti ha nascosto delle cose, ma non credi che debba essere informato?

Questa storia si fa sempre più pericolosa, abbiamo bisogno di lui.»

Prima che potessi rispondere, la dottoressa si avvicinò, interrompendoci.

«Signorina Longo, mi promette di non trasformarsi finché non sarà del tutto guarita?» chiese incrociando le braccia.

Vittoria alzò gli occhi al cielo, ma alla fine annuì. La dottoressa diede a Vittoria il via libera per tornare in camera con noi, a patto di stare a riposo per almeno un paio di giorni. L'aiutammo a raccogliere le sue cose e a sistemarsi in stanza. Mentre si aggrappava al mio braccio per appoggiarsi meglio sui cuscini, i suoi occhi indugiarono sul mio polso.

«E questo, da dove sbuca?»

Mi sentii avvampare. «È un portafortuna... da parte di Francesco.»

«Dicci un po', è successo qualcosa tra voi ieri?»

«No... niente», balbettai, sentendo salire il rossore fino alle orecchie.

Mi guardarono con fare sospetto, ma accorgendosi del mio disagio, lasciarono sfumare l'argomento.

Nei giorni successivi, cercammo di tornare a una parvenza di normalità. Le ferite di Vittoria si stavano rimarginando, la mia bruciatura era quasi sparita e i dolori erano diventati sopportabili per tutte.

Gli allenamenti con Marco invece stavano procedendo un po' a rilento, e lui se ne accorse.

«Luna, da qualche giorno a questa parte mi sembri distratta», sospirò un pomeriggio, avvicinandosi a me.

«Sarà che ho dormito poco per via del test.»

Rimase in silenzio e mi osservò, si mise gli occhiali che aveva tolto per trasformarsi.

«Le volte precedenti non mi sembravi così provata.»

«Più si va avanti e più gli argomenti si fanno più difficili.»

Marco prese dalla tasca della felpa un fazzoletto per pulirsi gli occhiali, li tolse e, sempre con lo sguardo fisso su di me, annuì.

«Per oggi abbiamo finito, ma ricorda, non affaticarti troppo. Hai bisogno di energie e concentrazione per controllare il tuo lupo.»

«Grazie.»

Raccolsi le mie cose e mi diressi in camera. Dopo essermi cambiata, andai al lavoro. Al pensiero di rivedere Francesco mi sentii arrossire e, quando mi salutò porgendomi un bicchiere di cioccolata calda, rischiai il collasso.

Ero in anticipo, la biblioteca non era ancora aperta. Non era un caso. Le parole di Carolina mi ronzavano nella mente e avevo deciso di parlargliene.

Lui però mi anticipò.

«*Lupetto*, hai parlato con L'Alpha?»

«No», mormorai, soffiando sulla bevanda.

Fece un sospiro di rassegnazione. «Sei proprio testarda.»

Deglutii. «Posso farti una domanda?»

Lo vidi irrigidirsi. Si avvicinò ancora più a me, chinandosi verso il mio viso. Poi sprofondò sulla sedia e allargò le braccia.

«Dimmi tutto.»

«Quella sera… li hai solo minacciati?»

«E questa domanda da dove arriva?»

«Per favore. Ho bisogno di sapere se li hai anche affrontati.»

Si raddrizzò e poi si alzò di scatto, come se non si aspettasse che io fossi così diretta. Si mise seduto sulla scrivania. Eravamo l'uno di fronte all'altra.

«Sì, li ho affrontati!» Vidi i suoi occhi scurirsi. «Eravate ferite e inermi, dovevo reagire.»

«Potevano farti del male! Scambiarti per uno di noi.»

«Se ne sono andati subito, te l'ho detto.»

Scossi la testa. «Perché mi hai mentito?»

Francesco fece un sospiro, ma non rispose. Poi, lentamente, si avvicinò con un sorrisino divertito.

«Quindi eri preoccupata per me?»

Gli lanciai un'occhiataccia e bevvi la cioccolata tutta d'un sorso.

«Visto che eri preoccupata, perché giovedì non vieni a cena da me? Così potrai controllarmi.»

«Non ero preoccupata.»

«Vieni comunque.»

Quando lo guardai negli occhi non riuscii a resistere accettai.

La risposta, anzi, la *non risposta* di Francesco però, non mi aveva soddisfatta. Perché mi aveva mentito? Che non volesse davvero farmi preoccupare? Qualcosa non andava. Per quanto amassi la sua compagnia, i miei sensi erano in allerta. Volevo fidarmi, ma la fiducia sembrava avere un limite. Cos'è che non andava in me? Ogni volta che lo vedevo, il cervello andava in tilt e non riuscivo a essere sempre la solita Luna razionale.

Avrei cercato di incrociarlo di meno, di tenermi occupata con lo studio e gli allenamenti extra con Marco.

Quando tornai in camera dopo il lavoro, mi buttai sul letto. Mi sentivo confusa.

Una mano mi scosse, era Vittoria.

«Allora, com'è andata?»

«In che senso?»

«Dai, Luna, non cadere dalle nuvole, racconta.»

Anche Carolina si voltò, scrutandomi con attenzione. Mi inginocchiai sul letto, un cuscino in grembo.

«Abbiamo lavorato.»

«Sentito, Carolina? Hanno lavorato...»

«Cazzo, Luna, hai un figo davanti e non gliela dai?»

Scoppiai a ridere. «Vittoria! È il mio capo!»

«'Sti cazzi!»

«Ha ragione, che t'importa?» fece Carolina sistemandosi gli occhiali.

Scrollai la testa. «No!»

Mi arrivò un cuscino in faccia e poi un altro.

«Va bene, va bene, avete vinto, vi dirò tutto...»

Rilanciai i cuscini alle legittime proprietarie. «Mi ha invitato a cena, a casa sua», confessai in un soffio.

«Ci vai, vero?» chiese Vittoria minacciosa, pronta a tirarmi di nuovo il cuscino se non avesse sentito la risposta che desiderava.

Carolina esultò. «Cosa indosserai?»

«Pensavo a jeans e maglione lilla.»

«Non importa quello che indossi sopra, è più importante quello che hai sotto.»

«Ovvio, sarò me stessa come sempre.»

«Ho detto sotto, non dentro. Come fai a non avere un pizzico di malizia? Parlavo dell'intimo sexy.»

«No!» esclamai, chiudendomi a riccio sulla maglietta del pigiama blu a tema Harry Potter.

Carolina e Vittoria si scambiarono uno sguardo malefico.

Giovedì sera però, riuscii a scappare dalla stanza prima che potessero farmi cambiare o convincermi a truccarmi.

Quando arrivai a casa sua, Francesco mi salutò con un bacio sulla guancia. Il profumo del suo dopobarba, un misto di legno e ambra, accarezzò tutti i miei sensi da lupo. Lo osservai farmi strada; indossava un paio di jeans neri e un maglione grigio che si abbottonava di lato. Mentre lasciavo la borsa e la giacca in camera sua, una sensazione sconosciuta mi si mosse su e giù per lo stomaco. Trassi un respiro profondo. Cercando di essere la solita Luna, lo raggiunsi in cucina.

La tavola era già apparecchiata. Aveva preparato un risotto con zucca e pancetta. Lo assaggiai. Era delizioso; il sapore dolce della zucca era in perfetta armonia con la croccantezza della carne.

Durante la cena parlammo di cosa avevamo fatto nei giorni in cui non ci eravamo visti. Gli raccontai dei miei miglioramenti nel controllare il lupo durante il combattimento corpo a corpo da umana, e di quanto Marco fosse fiero di ciò.

Mi accorsi che Francesco era rimasto in silenzio. Non faceva alcuna battuta né mi prendeva in giro.

«Se hai bisogno di allenarti posso aiutarti anch'io.»

«Grazie per l'offerta, ma gli allenamenti con Marco già mi sfiniscono.»

Si alzò e mise il suo piatto nella lavastoviglie. Era geloso di Marco o era solo una mia impressione? Cercando di scacciare quel pensiero, gli diedi una mano.

Poi, mi invitò a sedermi sul divano. Notando la mia esitazione, indicò la PlayStation.

«Chi perde dovrà esaudire il desiderio del vincitore.»

Accettai la sfida e giocammo a Tekken. Io scelsi Kazumi Mishima e lui prese Jin Kazama.

Mio malgrado, vinse due partite su tre.

Sospirai. «E allora, cosa desideri?»

Si avvicinò a me, e io indietreggiai, colta alla sprovvista. Francesco mi seguì con tutto il corpo, senza lasciarmi vie di fuga. Le sue labbra sfiorarono le mie. Sussultai. L'idea di allontanarlo si annullò di colpo. Non potevo. Non volevo.

Stava per ripetere il gesto, quando il suo telefono squillò. Riuscii a leggere lo schermo: era un messaggio vocale da parte del padre.

«Scusami», mormorò. «Devo ascoltarlo.»

Annuii, tentando di nascondere la sorpresa. Francesco si mise seduto sul divano, prese il telefono e lo portò all'orecchio. Cercai di frenare la tentazione di ascoltare il vocale attraverso i miei sensi sviluppati da lupo. Drizzai le orecchie giusto per due secondi, ma quando sentii «dobbiamo parlare, si tratta della nonna», non mi parve giusto e mi allontanai dal divano.

Finito di ascoltare, la sua espressione era cambiata. Non riuscivo a capire se fosse arrabbiato o preoccupato, o magari entrambe le cose. Le sue dita digitarono una frase e poi si alzò.

«Luna, mi dispiace tanto, ma devo andare.»

«Va tutto bene? È successo qualcosa?»

«C'è stata un'emergenza, hanno bisogno di me.»

Annuii, incapace di chiedere altro. Mi accompagnò all'Istituto e mi salutò senza scendere dalla macchina.

«Perdonami, speravo in un finale migliore per la nostra serata», disse, accarezzandomi la mano.

Il suo volto però era molto diverso da quello del Francesco che conoscevo. Più serio, quasi intimidatorio. La sua postura e i movimenti erano rigidi, non più rilassati come lo erano prima.

«Vedrai che si risolverà tutto. Ci vediamo presto.»

Uscii dall'auto e mi diressi al cancello. Mi era sembrato di avere davanti a me una persona sconosciuta.

CAPITOLO 16

Svegliata dai raggi che filtravano dalla finestra, allungai il braccio per prendere il telefono e vedere l'ora.

«Maledizione, è tardissimo!»

Saltai su a sedere e mi girai verso le ragazze. Non c'erano. Mi precipitai in bagno, mi sciacquai il viso e poi diedi una pettinata ai capelli che non volevano collaborare. Indossai un paio di jeans blu, un maglione azzurro, e delle scarpe da ginnastica nere.

Arrivata davanti alle scale, mi resi conto di aver dimenticato lo zaino e fui costretta a tornare indietro.

Quando finalmente raggiunsi le ragazze in mensa, presi la mia solita tazza di latte e caffè e mi misi seduta con loro. Sbuffai.

«Perché non mi avete svegliata?»

Carolina sorrise. «In realtà, ci abbiamo provato, ma dormivi così profondamente che è stato tutto inutile.»

«Abbiamo anche pensato che avessi bisogno di riposo dopo tutto quello che è successo», aggiunse Vittoria.

Bevvi tutto d'un fiato. «Beh, grazie, ma con il test della Dionisi alle porte non posso fare assenze.»

Feci per alzarmi, ma Vittoria mi bloccò.

«Dove stai andando?»

«A lezione.»

«Non dovresti almeno aggiornarci su quello che è successo ieri?»

«Lo farò, prometto, ma non adesso.»

Mi alzai e infilai lo zaino sulle spalle, raccolsi il vassoio e augurai alle ragazze una buona giornata. A essere onesta, non morivo dalla voglia di parlare della sera prima. Mi infastidiva ammetterlo, ma ero delusa. E mi sentivo una stupida.

A lezione, una ragazza in terza fila chiese alla professoressa se fosse vero che una delegazione dei Guardiani sarebbe venuta in visita all'Istituto.

La professoressa si passò il gesso tra le mani. «Sembra di sì, anche se non è ancora confermato.»

«Questioni top-secret», sussurrò un ragazzo dal banco accanto. «È sicuro. Non vengono mai dall'Alpha se non per roba davvero importante.»

La professoressa si schiarì la gola. «Silenzio, adesso. Visto che, probabilmente, avremo l'onore di accogliere i Guardiani, oggi ripasseremo la struttura della società del mondo soprannaturale.»

Andò verso la lavagna e iniziò a creare uno schema.

«Il Concilio dei Guardiani è formato da quattro membri di razze diverse. Vengono eletti ogni sette anni e hanno il compito di mantenere l'equilibrio tra le specie.»

A differenza di molti altri miei coetanei, era la prima volta che sentivo parlare della società soprannaturale. Alzai la mano. La professoressa mi lanciò uno sguardo per accordarmi il permesso di parlare.

«Chi sceglie i Guardiani?» chiesi.

«Ogni specie sceglie il suo rappresentante. Quindi il Re del Mare, l'Alpha, un'assemblea di umani che conoscono la nostra esistenza e il Principe.»

«Chi è il Principe?».

Attorno a me risuonarono le risate di scherno dei miei compagni. La professoressa però rimase seria.

«Il Principe dei vampiri.»

Vampiri. Trattenni per un attimo il fiato. Certo, che ingenua. Se esistevano i licantropi... se esistevamo noi, perché non i vampiri?

Dopo un rapido bussare di porta, Marco entrò in aula e mormorò qualcosa all'orecchio della professoressa. Lei mi guardò.

«Signorina Proietti, l'Alpha la vuole nel suo ufficio.»

Sentii gli occhi di tutti su di me. In modo disordinato e goffo, misi le mie cose nello zaino e seguii il mio mentore.

Mentre percorrevo il corridoio, cercai di pensare al motivo per il quale Antonio mi avesse chiamata. Forse Francesco gli aveva raccontato degli attacchi. E se invece si era accorto che ero entrata di nascosto nel suo ufficio? O peggio, che Carolina aveva hackerato i suoi file?

Quando entrai, alzò la testa dai documenti sulla scrivania.

«Piccola Luna! Quando mi hanno informato di ciò che è successo ero in riunione.»

Lo affrontai a viso aperto. La sua voce e i suoi occhi erano davvero preoccupati. Il suo odore però trasudava di bugia.

«Stai bene, non sei ferita vero?»

«Sto bene, grazie.»

«In effetti, da un po' programmavo di parlarti. Purtroppo, le ricerche su chi ha ucciso tua nonna sono ancora in alto mare. Ma te lo prometto, troverò gli uomini che ti hanno aggredita.»

Si alzò e venne verso di me. Era elegante come al solito; indossava un paio pantaloni neri e una camicia bianca. Quando si avvicinò, un odore che mi era familiare mi travolse. Rimasi per un attimo in allerta, ma nonostante gli sforzi, non riuscii a ricordare dove l'avessi sentito.

Per un momento, il suo viso attraente e gentile, i suoi occhi magnetici, mi catturarono. Pensai di confidarmi. Di raccontargli ciò che avevo scoperto, del sospetto che le persone che mi avevano attaccata fossero dei Cacciatori. Eppure, qualcosa mi bloccò. La sensazione di una mano che mi stritolava le viscere, che mi avvertiva di non cadere in tentazione.

Lui sorrise. «Faresti meglio a non andare in giro da sola, soprattutto dopo una certa ora. Intesi?»

Annuii. Con un respiro profondo, mi limitai a ringraziarlo per tutto ciò che stava facendo e mi congedai.

Mentre percorrevo il corridoio per tornare a lezione, le domande si accavallarono nella mia mente. Mi sentivo in stallo, non riuscivo più ad aspettare. Se veramente quegli uomini erano dei Cacciatori e le persone che avevo intorno erano coinvolte in qualche modo, dovevo scoprirlo.

Fu in quel momento che decisi: sarei andata io stessa in cerca dei Cacciatori. Sarei diventata un'esca. Mi avviai spedita all'uscita, ma svoltando un angolo mi arrestai di scatto.

Francesco aveva appena salutato Marco e si era diretto fuori dall'Istituto.

Perché stava andando via? Perché non tornava in biblioteca?

Aspettai che Marco se ne andasse, poi, senza farmi vedere, lo seguii.

«Luna?»

Sobbalzai dallo spavento. Erano Carolina e Vittoria.

«Francesco... Devo... Vi spiego più tardi!»

Vittoria annuì e mi tolse lo zaino dalle spalle. «Va da lui!»

91

Le ringraziai e mi affrettai per raggiungerlo. Si era avvicinato alla macchina e, quando si allontanò, feci una cosa che il mio mentore avrebbe disapprovato.

«Ok, lupo, so che non ti ho mai accettato, ma questa volta devi collaborare, *dobbiamo* collaborare!»

Feci un respiro profondo, chiusi gli occhi e pensai alla nonna. Anche lei era stata un licantropo. La licantropia era il dono che mi aveva trasmesso, e io, volente o nolente, non potevo fare altro che accertarlo. Mi trasformai, e lentamente presi controllo del mio corpo da lupo. Poi mi fiondai all'inseguimento.

Dovevo capire, placare quell'istinto che mi suggeriva che Francesco non mi stesse dicendo tutta la verità.

Cercai di non farmi notare, nonostante fosse pieno giorno. Stavo violando una delle regole fondamentali del mondo soprannaturale: se mi avessero scoperta, le conseguenze sarebbero state inimmaginabili.

Mi nascosi nell'ombra, aspettai che parcheggiasse e lo seguii in forma umana. Eravamo in una zona di Roma molto isolata, non lontana dal fiume. Quando girò un angolo, gli andai dietro. E mi trovai faccia a faccia con lui.

«Luna, cosa fai qui?»

Feci per rispondergli, ma un rumore minaccioso mi fece rizzare ogni singolo capello. Mi voltai. Erano catene d'argento che strusciavano contro l'asfalto. Ad agitarle erano delle figure ormai familiari: gli uomini incappucciati, che iniziarono ad attaccare come furie impazzite.

In una frazione di secondo, il corpo inerte di Francesco si afflosciò. Ruggii, strinsi i pugni. No, non sarebbe successo ancora, non avrei permesso che l'incubo di quel giorno si presentasse di nuovo. Il cuore mi batteva forte; sì, avevo paura, ma non sarei scappata. Questa volta avrei combattuto. Questa volta potevo farlo.

Mi parai davanti a Francesco e mi trasformai.

Gli uomini non esitarono. Mi attaccarono con le loro catene in argento, ma io mi difesi. Per la prima volta mi resi conto che io, Luna, stavo combattendo in sintonia con il lupo dentro di me. Li attaccai usando tutta la forza che avevo, non indietreggiai nonostante la violenza dei loro colpi. Afferrai con gli artigli uno di quegli uomini come se fosse un pupazzo di pezza e lo scaraventai contro il muro. Un altro si avvicinò e lo respinsi ferendolo al petto. Mi misi a quattro zampe e, con passo fiero, gli andai vicino per poterlo guardare dritto negli occhi; mostrai i canini ringhiandogli in faccia.

Nel frattempo, altri uomini si precipitarono ad aiutarlo. A uno a uno li graffiai, li ferii in modo permanente. Ero forte. Anzi, ero *più* forte. Quando gli uomini rimasti scapparono, quella consapevolezza mi diede il coraggio di seguirli. Scesero le scale che portavano sotto al Tevere. Con un balzo, continuai a pedinarli fino a quando un odore potente mi entrò dentro le narici. Lo conoscevo. Era lo stesso che avevo sentito nello studio di Antonio. Un ricordo improvviso mi scosse. Quell'odore era stato anche sul corpo della mia adorata nonna.

Tornai umana, mi tolsi i vestiti stracciati e rubai una maglietta da una verandina a piano terra. Seguii la traccia fin sull'Isola Tiberina, ma la trovai vuota.

Rimasi a osservarmi le mani ricoperte di sangue e i vestiti lacerati in più punti. Mi riscossi solo quando mi sentii chiamare. Era Francesco, la maglietta nera che indossava si era aperta in uno squarcio; la catena che lo aveva colpito gli aveva provocato una ferita sul petto, ma adesso che la guardavo da vicino, non sembrava così grave. Si avvicinò a me massaggiandosi la testa con una mano. Doveva averla sbattuta contro l'asfalto, per questo era svenuto.

Lo avevo messo in pericolo. A causa dei miei stupidi dubbi e della mia ossessione, avevo lasciato che si ritrovasse coinvolto nella mia battaglia. Non doveva più succedere. Non me lo sarei perdonata.

«Luna!»

Sganciai il bracciale che mi aveva regalato, adesso danneggiato in alcuni punti. Avevo rotto qualcosa di importante, proprio come stavo facendo con i sentimenti delle ragazze e, forse, anche con i suoi.

Lasciai il bracciale tra le dita di Francesco e me ne andai, senza nemmeno il coraggio di guardarlo. Lui tentò di bloccarmi per un polso.

«Luna, fermati!»

Imposi al mio corpo di calmarsi e concentrarsi. Feci un respiro profondo. Poi mi trasformai e tornai all'Istituto. Percorsi il corridoio pregando di non incrociare anima viva. Prima che qualcuno mi vedesse in quelle condizioni, con un balzo, saltai le scale e corsi verso il dormitorio femminile.

In camera, le ragazze erano sveglie. Quando mi videro, rimasero immobili, lo sgomento nei loro occhi di fronte al sangue che mi ricopriva. Ma non dissero niente, aspettarono che mi fossi lavata e messa sotto le coperte.

Poi, entrambe si avvicinarono, si sdraiarono accanto a me e mi abbracciarono. Fu lì che iniziai a singhiozzare. E più cercavo di trattenermi, più mi era impossibile. Le lacrime mi straripavano dagli occhi, e un urlo di dolore mi lacerò la gola. Un dolore sopito, ma mai dimenticato.

CAPITOLO 17

Ogni singolo giorno, mi recavo nei luoghi dove ero stata seguita, cercavo brandelli di vestiti, tracce di sangue. Anche se la prima pioggia autunnale aveva lavato le strade della città, provavo a sentire se ci fosse qualche odore che mi avrebbe potuto condurre da *loro*.

Il silenzio era l'unica cosa che risuonava nelle vie.

Un giorno, decisi di ritornare sull'Isola Tiberina. Scesi le scale che portavano vicino al Tevere, ma lo scorrere dell'acqua fu l'unico suono che percepii. Percorsi più volte il lungofiume, ma vidi soltanto dei barboni che dormivano avvolti da vecchie coperte, rannicchiati su cartoni umidi. Il loro odore era così nauseante che, se anche ci fosse stata una traccia, non sarei riuscita a seguirla. Rimasi in apnea per un po' per non sembrare maleducata, mi affrettai a risalire le scale e poi, finalmente, presi un lungo respiro. Afflitta, mi costrinsi a tornare all'Istituto.

Lungo la strada, il cellulare vibrò. Era Francesco. In quei giorni mi aveva scritto spesso, voleva vedermi, ma io non avevo mai risposto. Mi ero presa persino qualche giorno di pausa dal lavoro. Avevo già messo in pericolo le ragazze, non avrei fatto lo stesso anche con lui. Ormai avevo deciso di cercare i Cacciatori a costo di rischiare la mia stessa vita. Avevo preso una decisione e non mi sarei arresa finché non fossi giunta alla verità. E se davvero fosse finita male, volevo almeno avere la certezza di non trascinare nessuna delle persone a cui tenevo a fondo con me.

Davanti al cancello dell'Istituto, mi bloccai. Marco era appoggiato al muretto accanto all'ingresso, le braccia incrociate, il viso serio. Mi chiesi se mi stesse aspettando. La risposta arrivò quando il suo sguardo mi colpì come un martello in piena fronte.

«Seguimi!» disse, e si allontanò senza darmi tempo di ribattere.

Arrivati al solito posto del nostro allenamento, si piazzò davanti a me incrociando di nuovo le braccia.

«Che succede?» chiesi sulla difensiva.

«Cosa ci facevi fuori dall'Istituto?»

Rimasi in silenzio, stupita tanto dalla domanda quanto dal tono irritato. Non sapevo se potessi fidarmi. Marco lavorava a stretto contatto con l'Alpha. L'avrei messo in una posizione scomoda. O peggio, avrebbe potuto non credermi e andare a spiattellargli tutto.

Impaziente di fronte alla mia esitazione, lui sospirò.

«Luna, sei una mia responsabilità. So che l'Alpha ti ha chiesto di non andare in giro da sola. E tu cosa fai? Disubbidisci. Se ti succedesse qualcosa, ne pagherei io le conseguenze!» La sua voce, sempre più alta, risuonò tutto intorno a noi. Io continuai a rimanere in silenzio.

«Bene, visto che non vuoi parlare, non mi lasci altra scelta. Come tuo mentore, ti vieto di uscire dall'Istituto senza il mio permesso. Se vorrai tornare a casa, dovrà venirti a prendere fino al cancello uno dei tuoi familiari.» Drizzò ancora di più la schiena per accentuare la sua autorità. «Io ti accompagnerò a lezione, al lavoro e fino alla porta della tua stanza.»

Scossi la testa. Dentro di me sentii montare la rabbia.

«Non puoi farlo senza il permesso dell'Alpha!» ringhiai.

«Sì, invece. Antonio mi ha dato il compito di farti da mentore e punirti è uno dei miei doveri.»

Avrei voluto azzannarlo, squartarlo, ma cercai di controllarmi. Se avessi fatto una scenata, se fossimo finiti a discutere la questione nell'ufficio dell'Alpha, avrei rischiato di tradirmi, di farlo ficcanasare inavvertitamente nelle mie indagini. Strinsi i pugni, mi girai e lo piantai in asso. Sentivo i passi di Marco dietro ai miei, ma cercai di essere più veloce e seminarlo.

Stavo già pregustando la pace della mia camera quando, nei pressi della biblioteca, mi sentii afferrare per il braccio e trasportare dentro. Era Francesco.

Chiuse a chiave la porta e rimase lì davanti senza darmi la possibilità di uscire. Provai ad aggirarlo, ma fu inutile. Per quanto fingessi il contrario, anche il solo vederlo mi rendeva difficile non potergli parlare.

Incrociò le braccia. «Dove sei stata?»

«Eccone un altro!»

«Come?»

«Cosa ti importa?» risposi sbuffando.

«Ero in pensiero, sei sparita.»

Tentai di nuovo di aggirarlo, ma lui me lo impedì.

«Lasciami andare!»

«Non posso!»

La sua risposta così semplice e onesta mi prese alla sprovvista. Lo scrutai. Per un attimo il cuore smise di battere.

Lui si schiarì la gola. «Perché mi seguivi?»

«Non ti stavo seguendo.»

«Chi sono quelle persone?»

Voltai la testa, non avevo il coraggio di mentirgli guardandolo negli occhi, ma lui sembrò aspettare paziente la mia risposta.

«Per favore, lasciami andare», mormorai alla fine.

«È quello che vuoi davvero?»

Lo vidi allontanarsi dalla porta. Finalmente alzai lo sguardo: i suoi occhi erano tristi e arresi al mio testardo silenzio. Presi un profondo respiro. Il pensiero di deluderlo era insostenibile. Non avrei rinunciato a proteggerlo, ma decisi comunque di fidarmi.

«Non so chi siano gli aggressori. Ma voglio scoprirlo.»

«Perché sei scappata via quando ti ho raggiunta, dopo l'ultimo attacco?»

Chiusi per un attimo gli occhi, sperando di non arrossire. «Ho avuto paura per la tua vita. Per colpa mia ti sei ferito.»

Questa volta fu lui a rimanere in silenzio, ma vidi il suo volto rilassarsi. Mi feci forza per continuare.

«Ho pensato che l'unico modo per proteggerti fosse allontanarmi. Lo penso ancora.»

Francesco sospirò. «Perché per voi creature soprannaturali è così difficile fidarsi di noi umani?»

Tirò fuori il braccialetto che mi aveva donato dalla tasca dei jeans. «Non ti sei chiesta com'è stato? Cosa ho provato vedendoti lottare, sapendo di essere impotente, di non poterti aiutare? Vedere che rifiuti ogni mio tentativo di parlarti?»

Mi prese delicatamente il polso. Riagganciò il braccialetto. L'aveva fatto aggiustare.

La voce mi tremò quando parlai. «Non voglio coinvolgerti ancora.»

«Non puoi decidere per me, Luna.» Si strofinò la nuca con una mano. «Non so perché fai tutto questo da sola, ma le battaglie si vincono insieme alle persone su cui puoi contare. E io vorrei che mi vedessi come una di loro. Voglio starti vicino.»

«Vuoi stare vicino a una come me? Un mostro?» balbettai.

«Tu non sei un mostro.»

«Sì, invece! Se ti capitasse di venire ferito di nuovo... se io stessa perdessi il controllo e ti facessi del male...»

Francesco si avvicinò. «Non succederà!»

Cercai di allontanarmi, ma lui mi trattenne. La mia voce si ridusse a un sussurro.

«Sono pericolosa e imprevedibile. Come fai a essere così sicuro che non ti farei del male?»

«Perché mi fido di te e vorrei che tu riponessi questa stessa fiducia in me.»

Emisi un sospiro di resa. Percepivo la sua sincerità, così mi feci coraggio. Andai a prendere il tomo che conteneva il simbolo dei Cacciatori e glielo mostrai. Gli riferii quello che era successo a mia nonna, ciò che avevo visto, le ricerche che avevo fatto insieme alle ragazze. Per evitare di metterlo in una posizione ancora più scomoda, omisi soltanto il fatto di essere entrata nell'ufficio dell'Alpha e di aver fatto hackerare il suo pc da Carolina. Dopo avergli detto tutto, mi avvolse una sensazione di leggerezza.

«Voglio sapere», mormorai. «Ho bisogno di sapere la verità a costo della mia stessa vita.»

Francesco chiuse il libro e lo posò sulla scrivania. Per tutto il mio racconto era rimasto in silenzio, come se la sua mente stesse cercando di mettere in ordine le informazioni che aveva appreso. Incapace di sopportare quell'attesa, mi morsi un labbro.

«Sappi che ero sincera quando ho detto che non voglio coinvolgerti. Adesso che sai la verità, non devi sentirti obbligato ad aiutarmi.»

Lui alzò lo sguardo di scatto. I suoi occhi mi perforarono.

«Sapere la verità non ha fatto altro che confermare la mia decisione.» Mi prese la mano e mi attirò a sé. «Non ti lascerò andare, te lo prometto!»

Diceva sul serio. Persi il conto del tempo che trascorremmo incastrati nel nostro abbraccio.

CAPITOLO 18

Durante la settimana, seppi da mia madre che anche i miei zii e i miei cugini avevano fatto visita a casa della nonna. Avevano cenato lì tutti insieme, in ricordo del pilastro che mia nonna era stata, di colei che aveva sempre tenuto unita la famiglia. Mi avevano invitata, ma avevo preferito non andare, districare da sola il groviglio di emozioni di quei giorni.

Non mi ero arresa, però. Non sapevo bene come procedere, ma il mio intuito mi diceva di tornare di nuovo dove tutto era iniziato.

Venerdì mi decisi. Mandai un messaggio vocale a mia madre.

"Mamma, ho dimenticato le cuffiette Bluetooth a casa di nonna, che ne dici se domani mi passassi a prendere e andassimo insieme? Magari ti aiuto a finire di riordinare le ultime cose."

Così, sabato mattina mia madre mi venne a prendere davanti all'Istituto. Scese dalla Panda bianca e si avvicinò. Marco era lì vicino a me. L'abbracciai e le presentai il mio mentore.

«Salve, signora, è un piacere conoscerla», disse lui dandole una stretta di mano. «Conoscevo molto bene sua madre. Come Antonio, anche io sono stato suo allievo.»

«Davvero?» disse mia madre, e io feci eco alla sua domanda meravigliata.

Marco annuì con un sorriso nostalgico e le disse che si sentiva onorato di poter a sua volta essere il mentore della nipote. Mia madre ricambiò il sorriso.

«Sai, mia figlia è una ragazza introversa ed è stata proprio mia madre ad accorgersi che aveva ereditato il gene. Spero che la sua timidezza non abbia creato problemi nel controllo del lupo.»

Marco fece per rispondere, ma prima che potesse riferirle qualunque cosa sulla mia cattiva condotta, presi sottobraccio mia madre e lo salutai alla svelta dirigendomi in macchina.

Una volta arrivate a casa della nonna, ci mettemmo subito al lavoro. Mentre piegavo i pochi vestiti rimasti per poi riporli in ordine in uno scatolone, mia madre diede un'ultima occhiata in giro per assicurarsi che nulla fosse fuori posto. Tornò verso di me porgendomi una scatola di legno marrone.

«L'ho trovata sotto al comò», disse. «C'è il tuo nome.»

Era vero. Sul coperchio, su un pezzetto di carta incollato col nastro adesivo, riconobbi la calligrafia della nonna. Le lacrime minacciarono di salire agli occhi, ma cercai di controllarmi. Misi la scatola da parte. L'avrei aperta dopo, una volta rimasta da sola. Mia madre non aggiunse nulla. Si mise a impacchettare alcuni soprammobili e la aiutai a posizionarli in modo che non si fossero rotti durante il trasporto al mercatino dell'usato.

Per l'ora di pranzo preparai la pasta al pomodoro. Il profumo del sugo e del basilico fresco riempì la stanza, inondando la mia mente dei ricordi della nonna. Non avevo molta fame. La mia mente tornava sempre alla scatola. Mia madre invece mangiò di gusto e mi fece i complimenti.

«Non mi aspettavo che mi proponessi di venire qui», esordì poi, esitante, mentre girava gli spaghetti con la forchetta. «Ultimamente sei stata molto schiva.»

Abbassai gli occhi. «Adesso riesco a controllarmi meglio. Prima avevo paura che, se fossi venuta insieme a me, avrei potuto farti del male.»

Rimase senza parole. Quando fece per parlare, la interruppi.

«Come ha fatto la nonna ad accorgersi del mio lupo?»

«Ricordi quando ti si è rotta la tazza rosa con le orecchie di gatto?»

Annuii.

«Ecco, quel giorno la nonna era venuta a trovarci. Era il periodo degli ultimi compiti in classe prima della tesina, e tu eri molto nervosa.»

Si versò un po' d'acqua e portò il bicchiere alle labbra. «La nonna era in cucina e tu arrivasti, afferrasti la tazza e quella ti si ruppe in mille pezzi. Dallo spavento la guardasti e lei si accorse che i tuoi occhi erano diventati rossi.»

Rimasi senza parole. Ricordavo bene quel giorno. La nonna era stata davvero brava a nascondere quello che aveva visto in me.

«Perché non me l'avete detto?» sussurrai.

Mia madre scosse la testa. «Luna, era un periodo così delicato per te. La nonna ci ha fatto promettere di non dirti nulla. Era convinta sarebbe stato meglio aspettare la fine della scuola. Poi ti avrebbe fatto da mentore lei stessa.»

Abbassai gli occhi sul piatto ancora mezzo pieno. Per un attimo, ci immaginai insieme, me e la nonna. Due lupi simili eppure, diversi. Sarebbe stato un sogno poter allenarmi con lei, poterla avere ancora accanto.

Guardai mia madre e mi decisi a farle una domanda che mi ronzava in testa da un po'.

«Mamma, non hai mai avuto paura di nonna?»

Lei sbatté le palpebre. «Cosa vuoi dire?»

«Nonna era un lupo. Non hai mai avuto paura che potesse farti del male o ferirti?»

«No. Era mia madre e sapevo che non mi avrebbe mai fatto del male.»

«Di me, hai paura di me?»

Mi fissò per un lungo momento, immobile. Poi mi accarezzò una mano con dolcezza.

«Certo che no, Luna. Sei mia figlia e so che non saresti capace di fare del male. E la prima volta che ti sei trasformata me lo hai dimostrato.»

Finalmente lasciai che le lacrime uscissero. Un enorme peso si era sollevato dal mio petto.

Nel tardo pomeriggio, dopo aver portato vari scatoloni al negozio dell'usato, tornammo a casa e andai in camera. Per tutta la giornata avevo pensato alla scatola e, ora che era il momento di aprirla, lo stomaco si era chiuso in un nodo.

Mi misi sopra al letto a gambe incrociate e la sistemai di fronte a me. Non sapevo se fosse una scatola di ricordi, o se la nonna ci avesse messo dentro qualcosa destinato a me. E l'incertezza, come sempre, era peggio di qualunque altra cosa. Feci un respiro profondo, poi l'aprii.

Ci trovai dentro tutti i disegni che le avevo fatto quando ero piccola, i lavoretti per la festa dei nonni e di qualche Natale. All'interno di una busta bianca da lettera c'erano invece dei soldi e un biglietto in cui la nonna si congratulava con me per il diploma. Continuando a rovistare, pescai delle foto che ci ritraevano insieme; sotto, quasi fosse nascosto, c'era un quaderno di pelle blu, decorato da farfalle stilizzate. Le mani iniziarono a tremarmi quando mi accorsi che non era un semplice quaderno: era un diario.

La nonna l'aveva iniziato il giorno della mia nascita. Sfogliai le prime pagine, in cui descriveva l'emozione che aveva provato prendendomi fra le sue braccia. A metà tra il riso e il pianto, continuai a leggere:

"Non posso crederci, finalmente ha detto nonna!"

"Sono andata a trovare Luna e ha mosso i primi passi verso di me."

"Oggi sono stata convocata dall'Alpha. Dice che è importante, vuole assegnarmi dei nuovi incarichi. Non so di cosa si tratti, ma spero che non mi porti a stare lontana dalla mia famiglia e dai miei nipoti. Non sono più il licantropo di un tempo."

Scriveva con orgoglio dell'Istituto, di come il Guardiano e l'Alpha lo stessero facendo rifiorire; erano stati persino capaci di integrare i licantropi e le altre creature tra gli umani. Per il mondo soprannaturale era stata una vera conquista, un inizio che poteva dare speranza e fiducia. Il prossimo passo sarebbe stato uscire alla luce del sole.

"Addestrare i giovani licantropi non è facile. Mi porta via parecchio tempo, ma restituisce anche grandi soddisfazioni nel vedere i loro progressi. E poi, in tutta onestà, essere diventata una Nonna lupo mi ha reso più paziente verso le nuove generazioni."

Arrivata al mese precedente alla sua morte, notai un cambiamento. I pensieri si facevano sempre più cupi, le parole erano quelle di una donna preoccupata.

"Sono stata convocata dal Guardiano licantropo. Entrata a Villa Gaia mi sono sentita invadere da un vuoto che non saprei

spiegare. L'Alpha è morto e l'anziano mi ha chiesto di diventare la nuova guida. Mi sono rifiutata categoricamente. Alla mia età sarebbe una responsabilità troppo, troppo grande. Il Guardiano mi ha affidato il compito di osservare i licantropi e di stilare una lista dei candidati ideali."

"Ci siamo. È stato eletto il nuovo Alpha. Non voglio pensare al peggio, ma non negherò nemmeno che, quello che ho visto oggi, durante i festeggiamenti, non mi abbia turbata nel profondo. Conosco bene Antonio, per anni è stato mio allievo e faceva parte della mia lista dei candidati, pur non essendo la mia scelta durante la votazione finale. È sempre stato un giovane intelligente, forte, promettente. Ma anche molto, molto ambizioso. L'ho visto parlare con dei Cacciatori. Sapevo che erano loro, ho visto il marchio che portano all'interno del polso, un cerchio con un puntino al centro. Si stavano stringendo la mano."

E ancora, qualche giorno più avanti:

"Dopo la festa non sono riuscita a prendere sonno. Ero certa che qualcosa non andasse, il lupo non mente. Per questo, ho deciso di andare all'Istituto e parlare con Antonio a quattr'occhi. Mi ha accolto nel suo ufficio con un grande abbraccio. Eppure, non sono riuscita a ricambiarlo. Mi si sono rizzati i peli sulla schiena, ho provato una rabbia così potente che sono riuscita a stento a controllarla. Sono andata dritta al punto: gli ho consigliato di cessare il prima possibile ogni rapporto con i Cacciatori. Lui si è irrigidito. Lo conosco da anni, e ho fiutato subito la sua furia. So che ha dovuto trattenersi dall'afferrarmi la gola. Ho aggiunto che i Cacciatori sono pericolosi, che hanno ucciso migliaia di membri della nostra specie. Lui ha negato ogni cosa. Ma dal suo odore era chiaro: stava mentendo. Mi ha fatto solo

una domanda prima che lasciassi la stanza: mi ha chiesto per-
ché non avessi proposto il suo nome durante la votazione per il
nuovo Alpha. A differenza sua, sono stata sincera: lo trovo egoi-
sta. E non lo ritengo in grado di guidare la nostra comunità".

Chiusi il diario con uno scatto. L'Alpha. Iniziai a tremare di
rabbia e forse anche di terrore. E se fosse stato lui il colpevole?
Se senza farsi vedere, avesse tirato i fili dall'alto della sua posizione? E perché? Perché avrebbe dovuto farlo?

Abbracciai il diario e serrai gli occhi, cercando di calmare il
lupo dentro di me. Avevo bisogno di prove. E se le avessi tro-
vate, Antonio avrebbe pagato.

CAPITOLO 19

Il lunedì andai in biblioteca prima del lavoro e chiesi alle ragazze di raggiungerci. Non appena arrivarono, Francesco si accertò che nessuno le avesse seguite e chiuse a chiave la porta.

Mostrai loro il diario, ed esposi tutti i miei sospetti. Vidi il viso di Francesco incupirsi, sfogliava le pagine e tornava indietro più volte, l'espressione sempre più inorridita, come se non riuscisse a credere a ciò che stava leggendo.

Anche le ragazze rimasero sbalordite. Nessuno di noi aveva più dubbi.

Sembrava palese che il vero e unico colpevole fosse Antonio, ma non avevo nessuna prova concreta per poterlo affrontare. Stavamo per salutarci, quando Carolina lanciò un'esclamazione: «Luna, guarda! Il Principe organizzerà la festa di Halloween nella sua villa». Un volantino abbandonato su una scrivania aveva attirato il suo sguardo. Il 31 ottobre tutti i membri dell'Istituto erano invitati a festeggiare a Villa Borghese.

«Sarà fichissimo! Dobbiamo decidere cosa indossare. Potremo personificare un trio», propose Vittoria.

«Sì, le *Charlie's Angels*», rise Carolina, mettendosi in posizione da spia.

«Non andrò alla festa.»

«Scherzi, vero?»

Scossi la testa. «No, non mi piacciono le feste in maschera. E poi, non sono dell'umore adatto, non riuscirei a smettere di pensare a tutto quello che è successo.»

«Avanti! Non farti pregare.»

«E poi ti permetterà di distrarti un po'.»

Stavo per ribattere, ma Francesco intervenne. «Le ragazze hanno ragione.»

Lo guardai stupita. Lui continuò: «Luna, ti sono successe cose tante cose in questo periodo, un po' di svago ti farebbe bene.»

Ci riflettei su per un attimo. In effetti, staccare poteva servirmi. Ma dentro di me ne ero certa: non avrei comunque perso di vista il vero obbiettivo. Sarebbe stato un ottimo pretesto per indagare, per tenere d'occhio l'Alpha senza essere notata. La confusione, l'alcool e l'esuberanza tutt'attorno avrebbero giocato a mio favore. Quindi, con un sospiro, annuii.

«Va bene, ma non mi travestirò!»

La biblioteca riaprì al pubblico, e io mi misi al lavoro. Mentre finivo di registrare alcuni libri, Antonio entrò con un uomo. Mi irrigidii, ma tentai di continuare come se niente fosse, pur osservandoli con la coda dell'occhio. L'uomo che accompagnava l'Alpha era alto, il tessuto della maglietta teso sui muscoli eccessivamente accentuati, la pelle olivastra. Antonio gli stava mostrando la biblioteca. Dopo qualche giro tra gli scaffali, presero dei libri e vennero verso di noi. Il loro odore mi assalì, e l'istinto di attaccarli mi fece prudere le mani. Scattai in piedi. L'uomo accanto ad Antonio aveva su di sé una traccia inconfondibile. Avevo sentito il suo odore a casa della nonna.

«Stai calma, *lupetto*», mi sussurrò Francesco, prendendomi la mano e mettendosi tra me e loro. Cercai di prendere il controllo delle mie emozioni, ma non era facile.

Si avvicinarono per registrare il libro. Lo sguardo di Francesco rimase vigile, fisso su di me.

«Luna, lui è il nostro Guardiano», esordì Antonio. Poi si volse verso l'uomo e mi presentò come la nipote della sua defunta mentore.

La rabbia ribolliva dentro di me, lo stomaco si contorceva. Il piede di Francesco batté lieve contro il mio e cercai di calmarmi.

«Spero che tu ti stia trovando bene e che il tuo addestramento stia dando i suoi frutti», sorrise il Guardiano.

«Sì, grazie.»

«È difficile controllare il lupo, non arrenderti.»

«Non sono una che si arrende. Il mio lupo è già sotto controllo.»

Vidi i due uomini sgranare gli occhi.

«Comunque, è un piacere conoscerla», continuai, con quello che mi parve uno sforzo enorme. «La ringrazio per quello che state facendo per la comunità.»

Qualche istante dopo, ci salutarono e uscirono. Feci per seguirli, ma Francesco mi afferrò per un braccio.

«Dove stai andando?».

«Devo seguire il Guardiano. Devo andare, adesso.»

Lui mi scrutò. «Allora verrò con te.»

«Ma... La biblioteca...»

Mi fece cenno di attendere e si chinò sui cassetti della sua postazione per ripescare un cartello su cui era scritto "Torno subito".

«Meglio di niente», sussurrò, e poi ci affrettammo all'uscita. Nascondendoci tra le file di macchine nel parcheggio, tenemmo d'occhio il Guardiano finché non salì su un'auto. Francesco mi prese per mano e mi condusse alla sua macchina. Riuscimmo a sfuggire al traffico e a non perdere l'auto del Guardiano, almeno fino ai pressi dei Fori Imperiali. Una folla di turisti ci costrinse a fermarci.

«Riesci a vederlo?» chiese Francesco, le dita che tamburellavano sul cruscotto.

«No. Ma lo sento.»

Proposi a Francesco di scendere mentre lui sarebbe andato a cercare parcheggio. Mi sforzai di promettergli che non avrei agito da sola, anche se, lo sapevo, non sarebbe stato semplice frenarmi. Saltellai tra una pietra e l'altra che conduceva al Colosseo. Stranamente, non c'era molta gente attorno; per qualche motivo, i turisti sembravano evitarlo, come se anche loro potessero sentire l'odore che metteva tutti i miei sensi in allerta.

Francesco mi trovò immobile, a fissare l'anfiteatro.

«Il Guardiano è all'interno del Colosseo», gli dissi. «Ma non so il perché.»

Lui infilò le mani in tasca e alzò gli occhi per ammirare la maestosità di quell'immortale monumento. «Io lo so. Questo è il luogo in cui si riuniscono i Guardiani e lui è il Guardiano dei licantropi.»

Lo guardai sorpresa. «Tu come fai a saperlo?»

«Ho studiato. E tu come facevi a non ricordarlo?»

Mi schiarii la gola. In effetti avrei dovuto saperlo, perché non mi era venuto subito in mente?

Ci appostammo dietro a un muretto, in attesa. Qualche minuto dopo, lo vedemmo uscire e infilarsi nella sua macchina. In fretta, rientrammo anche noi in auto. Per un attimo, rischiammo di perderlo, ma il suo odore era così forte nelle mie narici che riuscii facilmente a recuperare la traccia. Nei pressi del Vaticano, scesi e lo seguii a piedi.

Percorsi via della Conciliazione e poi lo vidi svoltare in una traversa; conoscevo quella zona, sapevo dove sarebbe sbucato, e allora cercai di superarlo passando per piazza del Risorgimento. Appena svoltai l'angolo per via di Porta Angelica, vidi il Guardiano in compagnia di un altro uomo. Quando si voltò verso di me e mi salutò, rimasi di ghiaccio. Avevo creduto di essere abbastanza distante da non essere vista. Mi ero sbagliata.

I due uomini si avvicinarono; dall'odore dell'altro capii che era umano. Nonostante sentissi il cuore scoppiare nel petto, cercai di sembrare disinvolta.

«Signorina Luna, cosa ci fa qui?»

Tentai di sorridere, ma non ci riuscii. Il suo odore era così insopportabile che il mio unico pensiero divenne quello di assalirlo.

Qualcuno però mi sfiorò una spalla.

«Tieni, *lupetto*.»

Era Francesco, venuto in mio soccorso con una crêpe alla Nutella. Intrecciò le dita della mano libera alle mie.

«Oh, buongiorno», fece Francesco, come se si fosse appena accorto di conoscere uno dei due uomini.

Il Guardiano ci squadrò. La sua espressione si dipinse di un accenno di sorpresa.

«Interessante...», commentò alla fine. «Antonio lo sa?».

Io e Francesco non stavamo davvero insieme. In quel momento, però, quasi lo scordai.

«Perché dovrebbe saperlo?» reagii d'istinto, prima di potermi trattenere. «La nostra storia non riguarda l'Alpha.»

Il Guardiano mi perforò con lo sguardo. «Non sai che è vietato per il personale dell'Istituto intrattenere relazioni non professionali con gli allievi?»

Merda. Mi morsi un labbro, ma sostenni i suoi occhi. Francesco si schiarì la gola.

«Nessuno lo sa», intervenne. «Lei è il primo. Spero che possa mantenere il segreto fino a che non saremo pronti.»

L'umano accanto al Guardiano era rimasto in silenzio. Aveva uno sguardo indifferente, quasi annoiato. Alzò il braccio come per guardare l'ora, e quando il cappotto si spostò leggermente, sul polso vidi il simbolo dei Cacciatori.

Sentii come se un esercito di formiche mi stesse camminando su tutto il corpo. Mentre i due uomini si congedavano con un saluto, cercai di rimanere lucida.

Davanti a me avevo avuto la prova che anche il Guardiano aveva a che fare con i sotterfugi dell'Alpha, forse persino con l'uccisione di mia nonna. Dovevo scoprire di più, dovevo continuare a seguirli, capire dove si nascondevano. Feci un passo, ma Francesco mi fermò.

«È troppo rischioso. Se dovessero beccarci ancora, potrebbero insospettirsi. Devi avere pazienza.»

Lo guardai; sapevo che i miei occhi erano ormai rossi e sapevo che lui aveva ragione. La mia pazienza però era arrivata al limite. Stavo per scoppiare, tremavo, e più lui mi stava vicino, più sentivo che stavo per perdere il controllo. Tenni i pugni chiusi, provai a respirare a fondo.

«Se non mi porti in un posto sicuro, potrei trasformarmi qui davanti a tutti.»

«Quanto riesci a resistere?»

«Sto cercando di controllare il lupo, ma non so per quanto ancora.»

Sempre tenendomi per mano, Francesco mi trascinò verso la macchina. Mi portò al parco del Pineto, dove non sarebbe passato nessuno.

Mi tolsi le scarpe, iniziai a camminare e, più camminavo, più i miei passi prendevano velocità. Davanti ai miei occhi scorse l'immagine del Guardiano e del Cacciatore. Pensai a quello che aveva scritto la nonna sul suo diario. Forse Antonio non era il mittente del suo omicidio, forse era stato incastrato. Con uno scatto mi tolsi la maglietta, lasciandola dietro di me, poi iniziai a correre e lasciai che il lupo uscisse fuori. Le mie urla si trasformarono in ululati; ringhiai verso la distesa verde, con le unghie graffiai il terreno e i tronchi degli alberi che trovai sul mio percorso.

Mi sentii chiamare, come da un sogno. Avvertii la presenza di Francesco alle mie spalle.

Senza dire niente, allungò la mano verso di me, e piano piano, dalla mia immensa statura ritornai umana.

«Hai paura?» chiesi a Francesco, che si limitò a dissentire. «Allora perché il tuo cuore batte forte?».

«Non è per paura che batte.»

Infilò la sua mano tra i miei capelli lunghi e mi baciò.

Mi teneva stretta, come se avesse paura che potessi scappare, e io ricambiai il bacio con lo stesso desiderio. Sentivo la passione crescere dentro di me, e quando le sue labbra scesero sul mio collo, mi sembrò di andare a fuoco. Mi aggrappai a lui per sentirlo ancora più vicino, sperando con tutta me stessa che quel momento non finisse mai.

Lui si staccò e per mano mi condusse verso la macchina. Guidò fino al suo appartamento; pensavo che il desiderio si sarebbe raffreddato, ma appena varcata la soglia di casa le nostre labbra si toccarono all'istante. Entrammo nella sua camera e ci lasciammo cadere sul letto. Francesco si mise su di me e, senza distogliere lo sguardo dal mio, iniziò a spogliarmi. Quando si tolse la maglietta, vidi la cicatrice che i Cacciatori gli avevano lasciato e mi sollevai per baciarla. Il suo cuore ebbe un sussulto; le nostre mani si intrecciarono, e mentre i nostri corpi si incastravano non potei evitare una smorfia di dolore. Lui mi guardò sorpreso, lo sentii rallentare. I suoi occhi mi chiedevano il permesso di andare avanti. Annuii e gli circondai le spalle con le braccia. Lui mi accarezzò la fronte, poi sorrise.

Era il primo. Ma non c'era nessun altro che avrei mai voluto al suo posto.

CAPITOLO 20

Nei giorni a seguire, Vittoria e Carolina mi placcarono: volevano sapere quello che era successo dopo che il Guardiano e Antonio erano andati via. Quando alla fine delle lezioni tornai in camera, si lanciarono sul mio letto e io, ormai senza più via di fuga, raccontai tutto. Con le guance che andavano a fuoco, ma con il sorriso che non riusciva ad andare via dal viso, confessai anche i momenti trascorsi con Francesco.

Le ragazze iniziarono a urlare trionfanti, mi abbracciarono.

«Vi siete decisi, finalmente!»

Il pomeriggio, all'addestramento, trovai Marco accigliato. Cercai di sorridergli, sperando che non mi desse problemi per la festa di Halloween. Quando gli accennai l'argomento, si aggiustò gli occhiali sul naso prima di rispondere. Mi disse che mi avrebbe permesso di andare alla festa se gli avessi promesso che non avrei più saltato le lezioni e il lavoro, ovviamente specificando che la punizione non era finita.

«Solo per il giorno della festa?»

«Sì.»

«Perché? Non ha senso.»

«Non ribattere, o dovrò andare a parlare con Francesco e portarlo da Antonio.»

Mi irrigidii. Lui mi fissò dritto negli occhi. «Stai attenta, Luna. Quello che stai provando potrebbe farti del male, molto male.»

116

Poi si alzò e mi incitò a continuare l'addestramento. Non prendemmo più il discorso. Ovviamente mantenni la promessa. In fondo, dovevo avere solo un altro po' di pazienza, non mancava molto al giorno della festa.

In effetti, il 31 ottobre arrivò in fretta. Vittoria si travestì da Arwen, la mezzelfa de *Il signore degli Anelli*, Carolina invece da Ginevra, moglie di Artù. Io invece rimasi fedele al mio pensiero e indossai un paio di jeans con una maglietta bianca con scritto "404 error".

Rimasi meravigliata dalla bellezza della villa del Principe. La scelta delle decorazioni non era quella che mi aspettavo: l'ingresso era un corridoio adornato come un bosco autunnale. C'erano foglie dappertutto: gialle e rosse appese al tetto, alcune marroni cosparse sull'ampio tappeto. Ai lati del corridoio c'erano delle panchine e dei lampioni con dentro delle luci a led.

La gente si disperdeva in modo omogeneo nelle diverse stanze a tema horror, dalle quali provenivano musiche diverse. Entrammo nella sala principale, dove era allestito il buffet; dietro al tavolo c'era un cameriere vestito da Frankenstein. Tra le varie bottiglie alle sue spalle, ne notai alcune di un rosso grumoso, altre piene di un liquido scarlatto. Tentai di tenere a bada il mio sgomento: eravamo nella villa di un vampiro, dopotutto.

Le ragazze mi presentarono altre creature. Conobbi un tritone e una sirena; ciò che avevo letto sui libri della loro bellezza non gli rendeva giustizia. Avevano un volto innocente e insieme ammaliante. Certo, anche i vampiri non erano da meno, con la loro pelle tanto diafana da sembrare trasparente.

All'improvviso la musica si fermò e tutti ci voltammo verso l'entrata. Erano arrivati cinque uomini. Due di loro avevano la

pelle molto chiara da cui si riuscivano a scorgere le vene viola-
cee; la terza era una donna dai lunghi capelli castani, intrecciati
con perle e coralli; il quarto era un uomo ben piazzato, con i
capelli brizzolati e un sorriso che mi era familiare. Per ultimo,
riconobbi il Guardiano licantropo.

«Sono i Guardiani con il Principe», mormorò Vittoria al mio
orecchio.

Tornai a osservarli bene, a scrutare il portamento fiero e gli
abiti distinti.

«Buonasera, ragazzi», esordì il primo uomo. A giudicare
dalla spilla appuntata sul petto, con uno stemma araldico scol-
pito nell'oro, doveva essere il Principe. «Per noi creature, questo
è un giorno molto importante. Come sapete, questa notte la linea
che divide i due mondi è sottile e noi possiamo andare in giro
senza alcuna maschera. Spero che la festa sarà di vostro gradi-
mento.»

Assieme a qualche mormorio di assenso, dalla sala si levò un
lungo applauso. Battei anch'io le mani, finché il Principe e i
Guardiani non si dispersero nella folla e gli invitati tornarono ai
festeggiamenti.

Una gomitata atterrò tra le mie costole. Era Vittoria.

«Ragazze, sapete chi è quel ragazzo vestito da Aragorn?» bi-
sbigliò, portando alle labbra un bicchiere di Fanta.

Lo guardai con attenzione e mi venne da ridere. Era il mio
mentore, quasi irriconoscibile senza gli occhiali. Glielo dissi, e
lei, senza proferire parola, si lanciò all'attacco.

«Oh mio Dio, Vittoria ha avuto l'imprinting con Marco», rise
Carolina, vedendo la nostra amica allontanarsi.

«Imprinting?» chiesi, mentre riempivo il piattino di plastica
con pizzette e patatine.

«Sì, l'imprinting. È come l'amore a prima vista, un colpo di fulmine.»

Carolina iniziò a spiegarmi nei dettagli, ma persi attenzione quasi subito; fin da quando ero arrivata non avevo mai smesso di guardarmi in giro, alla ricerca di Francesco. Quando lo vidi, il mio cuore saltò un battito. Era vestito da guardia del corpo; i nostri occhi si incrociarono e venne verso di noi assieme a quello che presentò come un suo amico. Si chiamava Luca, e dall'odore capii che era umano.

Dopo avermi versato da bere e brindato alla serata, Francesco mi prese per mano e mi portò in pista a ballare. In un attimo, si unirono anche Carolina e Luca. Per un po' dimenticai tutto il resto. Le aggressioni, i sospetti, il vero motivo per cui avevo deciso di andare alla festa. Io e Carolina ci allontanammo dalla pista per prendere qualcosa da bere. Eravamo quasi di fronte al cameriere travestito da Frankenstein, quando una zaffata familiare mi investì. Mi sentii tremare dentro e mi girai di scatto. Con la coda dell'occhio, vidi il Guardiano e Antonio dileguarsi in una stanza adiacente. Lo dissi a Carolina e li seguii senza esitare.

Mi imposi di controllarmi. Probabilmente, se mi fossi trasformata, non avrei fatto troppo scalpore, ma non volevo comunque rischiare di creare trambusto. Lasciandomi guidare da quell'odore intenso, accorciai le distanze. Ero appena arrivata a portata d'orecchio, quando mi sentii chiamare. Francesco mi posò una mano sul braccio.

«Ti stavo cercando», esordì, porgendomi un bicchiere con della sangria. «Hai visitato i giardini?»

«No», risposi, e avvampai. Non avevamo ancora parlato di ciò che era successo a casa sua, di ciò che significava.

«Aspettami fuori, adesso arrivo.»

«Dove vai?»

«A prendere le giacche.»

Si allontanò e, un minuto dopo, mi raggiunse fuori dalla grande porta ad arco che dava sui giardini. Iniziammo a camminare e mi prese la mano. Mi lasciai condurre nel viale, la luna che illuminava con i suoi raggi argentei il cielo notturno.

Nella pace di quel momento, me ne resi conto: erano passati tre mesi dalla morte della nonna. Il dolore era ancora impresso nel mio cuore, una cicatrice a malapena ricucita.

Tutto quello che avevo scoperto mi inondò come una valanga. Mi sentivo ferita dalla persona che la considerava di famiglia, di cui i miei genitori si fidavano ciecamente.

I miei genitori... Chissà se stavo facendo la cosa giusta a tenergli nascosti i dubbi che avevo su Antonio? Ma non li avrei messi in pericolo. Dovevo resistere.

Scrutai Francesco. Se la nonna fosse stata ancora viva, sarebbe stata la prima a cui l'avrei presentato. Vedendomi felice ero certa che ci avrebbe dato la sua benedizione. Al pensiero, mi venne quasi da sorridere.

«Perché hai quella faccia?»

Mi schiarii la gola. «È la mia.»

«Cosa ti passa per la testa?»

Alzai le spalle, ma mio malgrado mi sentii arrossire.

Francesco insistette. «Dai, ti ascolto.»

«Pensavo a noi», confessai. «A quello che è successo... e adesso non so cosa... se...»

Lui sorrise e mi avvolse tra le sue braccia. «In effetti non è scontato, ma io voglio stare con te, Luna. E tu? Vuoi essere la mia ragazza?»

Per un secondo non sentii più il battito del mio cuore, il respiro mi si fermò a metà. Lo guardai negli occhi. Mi sembrava di vivere in un sogno. Riuscii appena ad annuire.

Francesco avvicinò la sua bocca alla mia, ma degli spari ci fecero trasalire entrambi. La paura mi paralizzò. Vittoria e Carolina erano dentro, in direzione delle urla che adesso rimbombavano dalla villa.

Iniziammo a correre verso la casa. Giunti all'ingresso della sala principale, Francesco mi fece cenno di fare piano. Adesso, tutto era avvolto nel silenzio. Costeggiammo il muro lentamente, poi riuscii a sbirciare al di là di una finestra.

Ciò che vidi mi fece tremare fin dentro le ossa.

I Cacciatori avevano preso in ostaggio i partecipanti alla festa.

CAPITOLO 21

Francesco mi tirò indietro.

«Ho un piano!»

«Che piano?»

«Fidati di me, tu vai a nasconderti.»

«Ci sono le mie migliori amiche lì dentro!»

«Non puoi andare da loro, è pericoloso. Nasconditi in una saletta laterale e aspettami lì.»

Annuii, ma quando Francesco fu abbastanza lontano, mi accovacciai e scrutai i volti impauriti di tutti i ragazzi. Erano divisi in piccoli gruppi, alcuni di loro accovacciati sul pavimento come se non potessero muoversi. Intravidi Carolina e Vittoria in un angolo e non ci pensai due volte: gattonando, le raggiunsi. Con loro c'era anche Marco che teneva stretta la mano di Vittoria.

«State bene? Siete ferite?» sussurrai.

Loro annuirono, le espressioni scosse.

«I Cacciatori ci hanno legato con l'argento per evitare che potessimo attaccarli», sussurrò Marco, mostrandomi i polsi.

Mi guardai intorno; avevano imbavagliato le Sirene affinché non usassero la loro voce ammaliatrice.

«Pensavo che l'argento fosse solo per noi licantropi.»

«No, è una kryptonite per tutte le creature soprannaturali.»

Un gruppo di Cacciatori con indosso i passamontagna neri aveva preso alcuni ostaggi e li stava conducendo nelle altre sale.

Il resto, almeno una decina, ci ordinò di ammassarci da un lato della stanza, rivolgendo la schiena contro il muro. Uno di loro, pensai il capo, teneva in ostaggio il Guardiano licantropo puntandogli un coltello fatto in argento. Anche il Principe e gli altri Guardiani erano al centro della sala. Antonio era accanto a loro, legato a sua volta.

«State spaventando i ragazzi. Lasciateli andare. Possiamo parlarne solo noi», disse, rivolto all'uomo.

«Non fare il furbo con me, lupo. E non avvicinarti, sennò lo uccido», intimò il Cacciatore, spingendo l'arma sulla gola dell'ostaggio.

Attorno a me, la paura dei presenti era intensa, mi riempiva le narici.

Nonostante le catene rallentassero i suoi movimenti, il Guardiano vampiro riuscì a mettersi davanti all'uomo con il coltello.

«Liberami!»

Mi vennero i brividi. La voce metallica e imponente del Guardiano risuonò per tutta la stanza.

«Ma cosa...», sussurrai.

Accanto a me, Marco trasalì. «Sta cercando di usare il suo potere, la dominazione.»

Fui terrorizzata e meravigliata allo stesso tempo; mi girai a guardare se avesse funzionato, ma un altro Cacciatore si intromise per fermare il compagno. Scattai in piedi, la mia mente si stava annebbiando. Francesco non era ancora arrivato e non riuscivo più ad aspettare; non sapevo quale fosse il suo piano, ma la situazione era sempre più critica. Non so come accadde esattamente, se fu la paura dei presenti che mi soffocava o la vista dei Guardiani impotenti a farmi perdere il controllo. Restare ancora con le mani in mano però era fuori discussione. Mi trasformai.

Antonio e il vampiro si allontanarono, il resto dei Cacciatori mi accerchiò e iniziò a colpirmi con le catene d'argento.

Mentre altri minacciavano gli invitati e li intimavano di mettersi con le spalle al muro, continuai a lottare. Il Guardiano vampiro, libero dalle catene, mi venne in aiuto afferrando uno degli uomini pronto a sparare; lo immobilizzò, e il suo corpo divenne rosso e poi nero, il viso iniziò a deformarsi fino a far fuoriuscire gli occhi. Sembrava quasi che il suo sangue si stesse riscaldando, fino all'ebollizione. Qualcuno urlò un avvertimento, ma fui troppo lenta: il corpo del Cacciatore esplose davanti a me, sbalzandomi contro il muro.

Un altro Cacciatore si parò di fronte al Guardiano. Mi lanciai all'attacco, con l'intenzione di bloccarlo, ma invece di ferirlo lo divisi in tre parti. Il sangue schizzò sul soffitto, le interiora formarono una pozza rosso scuro.

La furia mi divorava dall'interno, aizzata dall'odore ferroso che ora mi sentivo addosso. Cercai di controllarmi, ma tutto era sfocato; tutto era una possibile preda.

Con un rumore infernale, un gruppo di uomini irruppe nella sala. Vidi i Cacciatori tentare di dileguarsi alla loro vista.

Gli uomini indossavano una divisa blu notte e una maschera di cuoio dello stesso colore, con degli spuntoni in ferro. Cinque di loro catturarono alcuni Cacciatori sbarrando loro la strada, altri andarono in aiuto degli ostaggi. Nel caos, un gruppetto dei nuovi arrivati mi accerchiò; mi puntarono contro le pistole, attendendo pazienti un mio passo falso.

«Abbassate le armi!»

«Capitano, potrebbe perdere il controllo...»

«È un ordine!»

Ubbidirono. Mi voltai verso quella voce salda e perentoria. No, non era possibile. Un uomo si tolse la maschera. Riconobbi Francesco. Cosa stava succedendo? Andai verso di lui, e più mi avvicinavo più sentivo che stavo tornando umana.

«Capitano?» e persi i sensi.

CAPITOLO 22

Quando mi svegliai, mi resi conto di essere a casa di Francesco. Riconobbi la mensola bianca con i vari premi poggiati sopra, il profumo del suo dopobarba preferito che inondava la stanza. Strinsi i lembi della solita felpa grigia: se indossarla mi aveva sempre fatto sentire al sicuro, adesso mi sentivo soffocare.

Lui dormiva vicino a me; il suo volto, quel volto che sarei stata ore a fissare mentre riposava, lo stesso volto che mi faceva sorridere e che avevo accarezzato dolcemente, adesso mi provocò una fitta dolorosa allo stomaco.

Mi alzai senza fare rumore, chiusi la porta e andai in cucina. Preparai il caffè e mi versai il latte da un cartone che trovai in frigo. Lentamente, l'aroma del caffè riempì la stanza. Mi sedetti di fronte alla mia tazza, e rimasi a fissarla mentre i ricordi confusi della sera prima mi scorrevano in mente.

Mi si formò un nodo in gola, e gli occhi mi si riempirono di lacrime. Le immagini mi assalivano, l'odore del sangue sembrava impresso nella memoria del mio olfatto. Cercai di trattenermi, presi fra le mani tremanti la tazza e assaporai il latte. Nonostante avessi messo i miei due soliti cucchiaini di zucchero, il caffè sembrò più amaro.

Ero a pezzi. Mi faceva male ovunque, dovevo essere piena di lividi. Era la prima volta che combattevo così a lungo. Mentre giravo il cucchiaino nel liquido ambrato, sperai che tutte le persone alla festa stessero bene. Avevo bisogno di sentire le ragazze, di sapere che erano tornate all'Istituto sane e salve. Ciò che avevamo vissuto non sarebbe stato facile da dimenticare. Andai a prendere il telefono nella tasca del mio cappotto. Incurante della voce ancora impastata di sonno, mandai un vocale nella nostra chat di gruppo.

Per fortuna nessuno si era ferito. Erano scosse, ma mi sapevano al sicuro. Avevano deciso di trascorrere il primo di novembre con le loro famiglie e sarebbero tornate tra un giorno o due. Con un sospiro di sollievo, bevvi l'ultimo sorso dalla tazza e feci per alzarmi.

Una mano si posò sulla mia spalla. Era Francesco. Provò ad abbracciarmi, ma mi spostai. Il sollievo di qualche secondo prima era sparito.

«Capitano?» cercai di controllare la voce.

Lui rimase in silenzio. Mi allontanai e poggiai la tazza dentro il lavandino.

«Eri il capitano anche quando mi hanno seguita?» Lo guardai dritto negli occhi, ma lui continuava a fissarmi senza parlare. «Lo eri anche ieri sera quando non volevi che spiassi Antonio?» Mi avvicinai sperando che reagisse, sperando di sbagliarmi. «Chi sei veramente?»

Silenzio.

«Rispondimi! Maledizione!»

Sbattei una mano sul tavolo e lo ruppi in due pezzi. Lo fissai sbalordita, finché le lacrime resero tutto sfocato. Mi sentivo tremare dentro; mi accasciai sul divano

Francesco mi seguì, prese un respiro profondo. Non sembrava scosso alla visione del tavolo spaccato a metà. Cercò i miei occhi prima di parlare.

«Sono il capitano di un gruppo di uomini che agisce sotto copertura. Ci chiamano i Protettori. Sono stato incaricato dai Guardiani di proteggerti.»

Sbattei le ciglia più volte, le lacrime che ormai scorrevano lungo le guance. Francesco si schiarì la gola.

«Mi hanno affidato l'incarico di sorvegliarti di nascosto dopo aver saputo della morte di tua nonna. Sapevano che la tua vita sarebbe stata in pericolo. Per questo mi sono finto bibliotecario, per poterti stare vicino e adempiere al mio compito.»

«Ed è questo che sono, vero? Un incarico.»

«No, Luna, aspetta...»

«Quindi eri il Capitano anche in giardino. E a casa tua, quella volta che...»

«No, ero io. Ero Francesco!»

«Mi hai mentito!»

«Ti ho protetta. Quando sei entrata di nascosto nell'ufficio dell'Alpha e stavano per scoprirti, ti ho avvisato facendo rumore. E quando sei andata via ho coperto le tracce del tuo odore.» Abbassò gli occhi, incrociò per un attimo le braccia. «Quel giorno, al Vaticano, quando il Guardiano licantropo ti ha sorpresa, sapeva chi fossi. E io sono intervenuto subito perché ero certo che, così facendo, si sarebbe concentrato più sulla nostra relazione che sul motivo per cui eravamo lì.»

Scossi la testa. Mi premetti le mani sulle labbra.

«Io non ti conosco.»

Mi sentivo tradita. Avevo creduto in un amore costruito su una bugia. Cercai ancora una volta di controllare le mie emozioni, ma non avrei resistito a lungo. Allora mi alzai e mi tolsi il bracciale. Francesco parlava, ma io non lo ascoltai. Lo poggiai accanto a lui, sul divano, e me ne andai senza proferire parola.

Tornai all'Istituto. Ero grata che le ragazze non ci fossero; era meglio così, non avrei sopportato l'idea di dover spiegare tutto e salutarle per sempre.

Raccolsi le mie cose e chiamai un taxi. Mi sarei rifugiata nell'unico posto in cui mi sentivo davvero al sicuro. Arrivata a casa della nonna, accesi i riscaldamenti, infilai il pigiama di pile bianco con i pois blu, e mi accucciai sotto le coperte. La tristezza si era impossessata della mia anima; ripensavo a quella parola, *capitano*, mi tormentava il pensiero che tutto ciò che avevamo vissuto fosse una menzogna, che i sentimenti di Francesco facessero parte della copertura. Ogni singolo momento intimo, persino ciò che io stessa provavo, mi sembrò un'illusione creata dalla mia mente, dalla mia voglia di innamorarmi, di avere, di credere che qualcuno fosse capace di amare una ragazza come me.

Iniziai a piangere, il dolore al petto era una fitta insopportabile.

Il telefono prese a squillare più volte. Era Francesco; lo ignorai. Tra le chiamate, arrivarono anche i messaggi vocali di Vittoria e Carolina. La loro voce preoccupata mi chiedeva di tornare all'Istituto, di non nascondermi, di affrontare con loro ciò che era successo. Forse avevano parlato con Francesco, oppure erano tornate prima e avevano notato che tutte le mie cose erano sparite. Non mi importava. Visualizzai, ma non risposi neanche a loro.

Mi alzai e andai prendere il diario della nonna. Tornata sotto le coperte, mi asciugai le lacrime e il naso gocciolante, lo rilessi dall'inizio. Arrivai all'ultimo giorno, quello della data del mio diploma.

Il tono della pagina era dolceamaro: era contenta per me, per il traguardo raggiunto, ma era anche turbata per il futuro.

"Ultimamente, mia nipote ha manifestato alcuni dei segni inequivocabili. Anche lei è come me.

Devo tenerla al sicuro. Essere un licantropo bianco significa ricevere rispetto, ma anche essere vittima di altrettanto odio. Mi temono, lo so. Temono la mia forza e la mia saggezza. Temono che io possa essere nominata Alpha senza nemmeno essere sottoposta a una prova, solo in virtù del prestigio e della mia età. Credevo di essere l'ultima a portare questo fardello, e invece... Ora è Luna l'ultimo dei licantropi bianchi. Fino a quando non sarà pronta, nessuno dovrà sapere di lei. Se lo venissero a sapere cercherebbero subito di farle del male, ne sono certa. La difenderò a costo della mia stessa vita."

Abbracciai il diario a lungo, finché scivolai in un sonno profondo, ma tormentato dal senso di colpa. Ero stata io. A causa mia, la nonna era morta.

A svegliarmi fu un rumore improvviso. Ebbi appena il tempo di aprire gli occhi che un uomo mi bloccò le braccia. Cercai di liberarmi, ma una mano premette un fazzoletto contro il mio viso. Il sonnifero mi riportò nell'oblio.

Quando mi svegliai, mi ritrovai in piedi; avevo le mani legate con catene d'argento agganciate ad anelli di ferro che sporgevano dalla parete.

«Ben svegliata.»

Alzai lo sguardo. Davanti a me, seduto su una sedia, Antonio mi sorrideva con espressione soddisfatta.

CAPITOLO 23

Antonio si avvicinò a me, mi guardò, raccolse il mio mento tra le dita e poi lo lasciò andare.

«Luna, Luna, piccola Luna», mormorò, infilandosi le mani in tasca.

Il dolore avvolgeva ogni parte del mio corpo; i polsi bruciavano come avvolti da fiamme. Cercai di resistere. Non gli avrei dato la soddisfazione di sentire alcun lamento.

Lui sorrise. «Sai, se non fossi stata così tanto curiosa e se non ti fossi trasformata in un licantropo bianco forse avrei potuto persino coinvolgerti nel mio grande piano.»

Non risposi. Odiai con tutta me stessa quel suo sguardo fiero.

«È tutta colpa di tua nonna. È stata lei a farmi arrivare a questo punto.»

Feci per balzargli addosso, ma le catene mi trattennero al muro. «Quindi sei stato tu a ucciderla?»

«Se solo mi avesse dato un po' più di fiducia sarebbe ancora viva.»

Mi si formò un nodo in gola, soffocai le lacrime. «Ti voleva bene», sussurrai.

Antonio scosse la testa. «Se solo avesse fatto il mio nome, allora... Se solo mi avesse appoggiato nel distruggere i Guardiani e dichiarare guerra alle altre creature... Ti rendi conto? Adesso forse staresti festeggiando la supremazia della nostra razza su tutte le altre.»

Sbarrai gli occhi, inorridita.

«Per questo ti sei alleato con i Cacciatori? Gli stessi che per secoli ci hanno ammazzati?»

«La vita di tua nonna, l'ultimo lupo bianco era il prezzo da pagare. Per secoli siamo stati sfruttati dalle altre creature e marchiati come demoni dagli umani. Poi, nella Nuova Era, tutte le razze hanno deciso di vivere in pace. Hanno istituito i Guardiani per mantenere l'equilibrio.» Pronunciò l'ultima parola con sdegno, prese a scuotere la testa. «Equilibrio un cazzo! Io stesso sono stato abbandonato dalla mia vera famiglia a causa di ciò che sono!»

«Cioè, un pezzo di merda?»

Lui quasi sorrise. Chinò il viso in modo che fossimo alla stessa altezza.

«Tua nonna meritava di morire», sussurrò. «Un licantropo bianco, discendente dei fondatori. Rappresentante di tutto ciò che ha reso la nostra comunità inerme. Poteva sostenermi, ma non l'ha fatto. Mi ha tradito.»

«Hai venduto un tuo simile per una vendetta personale?».

Antonio non smise di sorridere. Mi accarezzò una guancia e al tocco delle sue dita mi imposi di non trasalire. «Non capisci, ma di cosa mi stupisco. Sei comunque sua nipote. Il tuo sangue, come ultimo licantropo bianco, sarà il prezzo finale per una nuova alleanza con i Cacciatori. Ci lasceranno in pace, ma stermineranno il resto delle creature al posto nostro. Non è magnifico?»

Un sapore acre mi riempì la gola. Rabbrividii, illudendomi che fosse per il freddo della parete di pietra dietro la mia schiena. Ci trovavamo in una sala circolare, grande e murata, completamente vuota. Cercai di rimanere lucida, ma il suono della voce di Antonio era un ronzio fastidioso, impossibile da ignorare.

Avevo bisogno di una via di fuga. Ma l'unica porta era alle spalle dell'Alpha, dell'uomo che aveva assassinato mia nonna, di colui che probabilmente avrebbe fatto fuori anche me. Dovevo liberarmi da quelle catene. Come un mantra, iniziai a ripetermi "Pensa, Luna, pensa".

E poi, nei terribili occhi accesi di odio e rancore dell'uomo di fronte a me, trovai la soluzione. Letale, forse. Ma l'unica possibile.

Strinsi i pugni e gli rivolsi un ringhio di sfida. «Davvero pensi di essere più forte di me? Di un licantropo bianco? Un vero licantropo guerriero?»

Lo vidi raddrizzarsi. «So cosa stai cercando di fare. Vuoi che io ti liberi dalle catene, stai puntando al mio orgoglio.»

Cercai di tenere a bada il respiro, di non mostrare tutto il terrore che avevo dentro.

«E sta funzionando?»

Antonio scoppiò in una risata vuota, senza allegria. «Anche priva delle catene, Luna, ti ucciderei in cinque minuti.»

«Dimostramelo.»

I denti bianchi dell'Alpha luccicavano quando si avvicinò al mio orecchio.

«Nemmeno io ho il diritto di negarti un ultimo desiderio.»

In un istante, tirò fuori una chiave e fui libera. Libera, ma comunque in trappola. Feci un respiro profondo mentre il corpo di Antonio si deformava, cresceva a dismisura, si ricopriva di peli scuri e irsuti. Pensai a mia nonna. A quel giorno in cui, bloccata nella stanza in cui mi aveva chiusa, l'avevano assassinata. Per lei, mi trasformai.

Lottammo, lupo nero contro lupo bianco. Afferrai Antonio e lo scaraventai dall'altra parte della sala, lui si rialzò e con un balzo ritornò da me, spingendomi con violenza contro il muro. Un rumore sordo, poi il dolore. Sentii come se le ossa mi si fossero spezzate, e quando riuscii a rialzarmi, lui balzò su di me, mi prese per il collo e mi scagliò contro la parete opposta. Ero una bambola tra i suoi artigli. Una bambola dalle zampe ricoperte di rosso. Vacillai. Macchie scure mi annebbiavano la vista. I passi pesanti dell'Alpha si fecero più vicini, ma lui non colpì. Si lanciò in un ululato terribile, di trionfo. Voleva godersi la vista dell'ultimo licantropo bianco a terra, impotente.

Impotente come lo era stata mia nonna.

Quando il suo fiato rancido mi raggiunse, quando le sue zampe mi circondarono, capii che ero finita. Ma che l'avrei portato con me. La punta dei suoi denti affilati mi ferì il collo, ma prima che potesse dilaniarlo, gli afferrai le fauci. Ero cieca: per la perdita di sangue, sì, ma anche di furia.

Antonio protestò, si dimenò, fece per scattare. Ma la mia presa era d'acciaio. Gli aprii il muso in due, mentre sangue non mio mi si riversava sul pelo, sulle pietre del pavimento.

Mi leccai le labbra, e poi arretrai fino alla parete, ansimando. Presto sarebbero arrivati i Cacciatori. Avrebbero scoperto cosa avevo fatto al loro alleato. Ero esausta, ma non potevo arrendermi. Dovevo continuare a lottare, dovevo alzarmi e continuare a difendermi.

La porta si spalancò e io mi preparai all'assalto. Quando mi voltai, però, tra il gruppo di uomini che irruppe nella stanza, trovai il viso stravolto di Francesco. Ansimava, come se avesse corso, e io presi a tremare. Avvertii le mie membra tornare umane.

«È finita, *lupetto*», disse. Si avvicinò e mi accarezzò i capelli, tastandomi le spalle in cerca delle ferite. Quando vide che non erano mortali, mi abbracciò senza esitare, nonostante fossi sporca e sanguinante. Non riuscii a proferire parola. Sperai con tutte le mie forze che non fosse un sogno, che davvero fosse finita.

Quello che riconobbi come il Guardiano umano si fece avanti e mi adagiò una coperta sulle spalle. Appena fuori dalla porta, alcuni Protettori avevano messo delle manette d'argento all'ormai ex Guardiano licantropo.

«Portala a casa, ci pensiamo noi qui.»

«Sì, papà.»

Sbattei appena le ciglia e spostai lo sguardo da Francesco al Guardiano. Adesso capivo perché, quando lo avevo visto per la prima volta, mi era sembrato familiare.

Lungo il tragitto rimasi in silenzio, incastrata in quella sorta di bolla da cui mi era impossibile uscire. Una volta a casa sua, Francesco mi diede un telo e alcuni dei suoi vestiti.

Entrai in doccia, lasciai che l'acqua calda mi scorresse lungo tutto il corpo, incurante del bruciore delle ferite, dei lividi violacei che erano fioriti sulle cosce e sulle braccia.

Guardai in basso i rivoli rossi scorrere verso lo scarico, e finalmente la bolla si ruppe. Non fu il dolore ad assalirmi, ma una calma assoluta. Mi avvolse come un manto, mentre l'acqua cancellava la violenza per lasciare spazio a una nuova Luna.

Quando Francesco entrò, mi trovò immobile di fronte allo specchio, coperta dal telo. Aveva con sé delle garze e del disinfettante. Mi spostò delicatamente i capelli su un lato e iniziò a curarmi la ferita che avevo all'altezza delle scapole.

Lo osservai attraverso lo specchio.

«Come hai fatto a trovarmi?»

«Sono state le ragazze a trovarti.»

«Come?»

«Ho chiesto il loro aiuto. Volevo parlare con te, volevo chiarire, ma non riuscivo a contattarti.» Prese un profondo respiro, e con gli occhi bassi confessò di aver detto la verità sulla sua identità a Carolina e Vittoria. Si erano arrabbiate, ma alla fine avevano creduto alla sua buona fede.

Si accertò che lo guardassi negli occhi prima di continuare. «Ho detto loro che ero lì non come Protettore, ma come Francesco, un semplice umano preoccupato per la ragazza di cui è innamorato.»

Lasciai che quelle parole mi riscaldassero il petto. Decisi però di non parlare, non ancora.

Alle mie spalle, Francesco si schiarì la gola. «Così, mentre Carolina rintracciava il tuo telefono, io ho allertato gli altri Protettori, nel caso fossi stata in pericolo. Da casa di tua nonna hanno seguito il tuo odore.»

«È possibile che Antonio non abbia pensato a nascondere le mie tracce?»

«Antonio è... era un megalomane. Superbo, presuntuoso. D'altronde, è stata la sua arroganza a ucciderlo.»

Francesco appoggiò la fronte sulla mia schiena e mi abbracciò. Le sue labbra mi sfiorarono le spalle. «Luna, mi dispiace di averti mentito.»

Dolcemente mi girò. Eravamo l'uno di fronte all'altro, le sue mani si appoggiarono al lavandino.

«Voglio che tu sappia che i sentimenti nei tuoi confronti sono sinceri. Tutto ciò che è successo tra noi... è tutto reale.»

Continuai a fissarlo immobile, in silenzio. Lui scosse la testa.

«È vero, mi ero avvicinato a te perché dovevo, ma poi qualcosa è cambiato. La tua semplicità era così disarmante che dimenticavo quale fosse il mio vero obbiettivo. Dimenticavo di indossare l'altra metà della maschera.» Mi prese le mani e le portò sul suo cuore. «Prima di incontrarti non ho mai sentito la mancanza di qualcuno. Quel giorno, quando ti ho vista lottare contro i Cacciatori... Avrei dovuto chiamare i rinforzi. Mio padre mi aveva ordinato di non intervenire, di non farmi coinvolgere...»

Le prime parole mi sfuggirono di bocca in un sussurro. «Cos'è cambiato?»

«Il terrore di perderti mi ha assalito. Rischiavi di morire. E non potevo permetterlo. Non potevo nemmeno permettere che qualcosa di così prezioso come quello che provo andasse sprecato.»

Abbassai lo sguardo. «E in tutto questo tempo tuo padre... I Guardiani...»

Non riuscii a completare la frase, ma lui capì comunque ciò che intendevo, come d'altronde capiva sempre tutto.

«Facevo rapporto a mio padre. Sapeva dei tuoi sospetti, dei tuoi dubbi sull'Alpha che poi sono diventati anche i miei. Anche i suoi. All'inizio non voleva vedere la realtà. Aveva capito che ero troppo coinvolto e pensava non potessi essere obiettivo. Voleva rimuovermi dall'incarico. Mi sono rifiutato. Gli ho dimostrato che si sbagliava, grazie a te, grazie a ciò che tu stessa dimostravi a me. Sono iniziate delle indagini interne, in totale segretezza. Non ho potuto dirti la verità, Luna, ma avrei voluto, sempre.» Mi prese il viso tra le mani. «Per favore, dammi una seconda possibilità. Non posso pensare di non vederti mai più.

Il mio cuore non reggerebbe. Perché ogni singolo battito risuona il tuo nome, perché il cuore di questo Capitano ti appartiene.»

Non gli permisi di aggiungere altro. Lo baciai istintivamente, affidandomi a lui con tutta me stessa, e lui ricambiò con la stessa forza. Mi sollevò con un solo movimento del braccio e mi portò in camera, dove mi coprì col suo corpo. Continuammo a baciarci come se fino a quel momento ci fosse stato proibito. Le sue dita accarezzavano ogni centimetro della mia pelle, e a ogni tocco mi sentivo tremare.

Così, inebriati e persi l'uno nell'altro, lasciammo che ogni nostra resistenza si frantumasse.

EPILOGO

Due mesi dopo

Il 21 dicembre l'Istituto organizzò una festa per celebrare il solstizio d'inverno e l'inizio delle vacanze di Natale. Quel giorno, anche i genitori degli studenti potevano venire.

All'ingresso dell'edificio venne posto un abete addobbato da palline create dai partecipanti all'evento. Le stanze si illuminarono di bianco e dal soffitto pendevano fiocchi di neve. Il corrimano delle scale era stato decorato con dell'ovatta e degli spruzzi di brillantini argentati. Sul pavimento era stato steso un lungo tappeto turchese.

La palestra era diventata una sala da ballo tutta bianca e azzurra. La postazione del Dj era fatta di finto ghiaccio.

Io indossai un vestito rosso sopra il ginocchio e degli stivaletti neri. I miei genitori mi vennero incontro, i volti rilassati come non li vedevo da mesi. La mia mente corse ai giorni successivi al rapimento, quando io e la mia famiglia fummo convocati dai Guardiani e dagli anziani licantropi.

Davanti a tutta la comunità, avevo dovuto rivelare ciò che avevo scoperto su Antonio; mi ero scusata con i miei genitori per averlo tenuto nascosto per tutto quel tempo, spiegando loro che non volevo farli preoccupare né metterli in pericolo.

Le persone presenti avevano iniziato a sussurrare, a guardarmi come se non sapessero se fossi una minaccia o qualcuno da ringraziare.

Accanto a me c'era anche Francesco, che per tutto il tempo non aveva mai lasciato andare la mia mano. I sentimenti che provavamo l'uno per l'altro erano sinceri e volevamo fossero chiari al mondo intero. Con lui al mio fianco mi sentivo amata, in equilibrio con me stessa. E quella nuova me mi piaceva.

Naturalmente, dovemmo affrontare la questione del nuovo Alpha. I Guardiani e i membri più anziani della comunità mi avevano chiesto di prendere il posto di Antonio. Avevo rifiutato. Ero l'ultimo dei lupi bianchi, questo era vero, ma avevo ancora molto da imparare.

Anche all'Istituto molte cose erano cambiate. I pettegolezzi erano tanti: quando attraversavo i corridoi o andavo a lezione avvertivo gli occhi degli altri studenti su di me, i loro mormorii. Alcuni mi erano grati, altri non credevano a ciò che era successo. La cosa non mi turbava più di tanto: prima o poi le voci sarebbero scomparse, nell'esatto modo repentino con cui erano nate.

«Luna!»

Le braccia di Vittoria e Carolina mi sorpresero alle spalle. Ricambiai l'abbraccio e mi rivolsi ai miei genitori per presentarle.

«Ecco le mie migliori complici», dissi, facendo loro l'occhiolino.

Anche Francesco si avvicinò, e intrecciò le mie dita alle sue. Con lui c'era Marco, che stampò un bacio sulle labbra di Vittoria. Sorrisi. Qualche settimana prima, il mio mentore le aveva chiesto di mettersi insieme.

«Salve, signori, vi piace la festa?», chiese Marco, rivolgendosi ai miei genitori.

Mia madre annuì. «Prima che vi avvicinaste stavamo proprio ammirando le decorazioni.»

Francesco si schiarì la voce. «Spero vada tutto bene. La gente ha ancora paura, non riesce ad accettare il tradimento dell'Alpha. Proprio prima di venire da voi, Marco ha dovuto richiamare nel suo ufficio alcuni ragazzi per le parole poco carine nei confronti del luogo che li ha accolti e della... della persona che li ha protetti.»

Mi rivolse un'occhiata di scuse, e in tutta risposta gli strinsi più forte la mano. I miei genitori gli sorrisero. Mia madre lo adorava. Mio padre... mio padre non si era ancora abituato all'idea che la sua unica figlia avesse un fidanzato. Ma ero sicura della stima che provava nei confronti di Francesco.

Dall'altra parte della sala, entrarono i Guardiani con la professoressa Dionisi, che richiamò l'attenzione di Marco.

Vittoria gli baciò la guancia. «Mi sa che il nuovo Alpha è atteso per il discorso.»

Marco si allontanò sbuffando per assolvere al suo dovere. In realtà, sapevo che era contento dell'elezione. Lo ero anch'io. Avrebbe svolto un buon lavoro.

Lo guardammo prendere un bicchiere di spumante, salire su un piccolo palco e accostarsi al microfono.

«Prima di tutto», esordì, «vi ringrazio per la vostra presenza. E in particolare ringrazio la professoressa Dionisi, che ha accettato di divenire il nuovo Guardiano licantropo.» Un applauso scrosciò da parte di noi studenti, mentre la professoressa arrossiva come mai l'avevo vista fare prima. Marco le rivolse un cenno amichevole dal palco, poi continuò: «In questi mesi sono successe molte cose. Abbiamo dovuto accogliere il cambiamento e scoprire verità scomode, verità che non avremmo mai immaginato potessero colpire non solo la nostra comunità, ma quell'equilibrio che avevamo giurato di mantenere». Si interruppe per incrociare lo sguardo di ognuno di noi. «Non so cosa vi aspettate da me come Alpha, ma una cosa posso assicurarvi: io tengo a questa comunità e credo nell'uguaglianza. Vi prometto che questo sarà l'unico obiettivo che perseguirò. Ricordatelo sempre: io, da solo, non sono nulla. Noi, insieme, possiamo tutto.»

Un altro applauso riempì la sala. Vittoria corse ad abbracciare Marco mentre scendeva dal palco e dava il via libera al Dj per iniziare con la musica. Le note di un lento risuonarono nella pista, e Francesco mi strinse al petto.

Era vero. Insieme potevamo qualunque cosa.

RINGRAZIAMENTI

Ringrazio la PAV Edizioni per aver detto sì, a mia sorella Dorotea poiché questa storia nasce per lei.

A Elena, mio mentore, che mi ha aiutata nel far emergere con tutte le sue potenzialità la storia.

Alla mia famiglia che ha sempre creduto in me, ai miei migliori amici e alle notti passate tra giochi di ruolo e giochi da tavolo.

Al mio compagno Alessandro che mi è sempre stato vicino e sostenuto nei giorni di scrittura intensa, e al mio piccolo uomo che, con il suo sorriso, alimenta la mia fantasia.

All'Epilessia che è parte di me ed è stata fondamentale nella stesura.

Grazie a tutte le persone che leggeranno il mio libro. Che il messaggio possa arrivare dritto al cuore anche questa volta.

BIOGRAFIA

Laura Piermarini è nata a Catania il 20 Marzo 1989. All'età di sei anni si è trasferita con la famiglia a Roma dove vive tutt'ora. È un'educatrice per l'infanzia. Le piacciono la cultura e il cibo orientale, in particolare quello della Corea del Sud.

Il 6 Novembre 2023 con la PAV EDIZIONI ha pubblicato il suo primo romanzo *"Imparare ad amare"*, Collana Young Adult.

Sommario

Caro lettore, se ti è piaciuto questo libro,
inquadra con la fotocamera il qr code
e scopri il catalogo della PAV edizioni.
Troverai altre storie che ti appassioneranno.

PAV
EDIZIONI